KB032956

아레의 후에

이계의 후예 7

글쓰는기계 장편소설

초판 1쇄 찍은 날 | 2017년 7월 21일
초판 1쇄 펴낸 날 | 2017년 7월 28일

지은이 | 글쓰는기계
펴낸이 | 예경원

기획 | 위시북스
편집책임 | 박우진
편집 | 이즈플러스

펴낸곳 | 예원북스
등록번호 | 제396-2012-000132호
등록일자 | 2012. 7. 25
KFN | 제1-132호

주소 | 경기도 고양시 일산동구 호수로 646-24 위너스21Ⅱ빌딩 206A호 (우)10401
전화 | 031-819-9431 팩스 | 031-817-9432
E-mail | yewonbooks@naver.com

ⓒ글쓰는기계, 2017

ISBN 979-11-6098-383-8 04810
　　　979-11-6098-087-5 (set)

WISHBOOKS MODERN FANTASY STORY
글쓰는기계 장편소설
이계의 후예
7
Wish Books

CONTENTS

42장
마법사에게는 뭔가 특별한 게 있다(1)

'아니, 이게 아니지.'

다크 엘프들이 아무리 당황스럽더라도 수현이 거기에 휘말릴 필요는 없었다. 그는 여기 온 이유대로 행동하면 됐다.

"미안한데 여기 온 건 더 이상 귀찮게 하지 말라고 말하러 온 거다. 샤이나는 그쪽에서 나와서 우리 쪽에서 일하고 있지. 더 이상 거기서 뭐라고 할 이유가 없다고 생각하는데."

"뭐, 뭐라고?"

"그게 무슨 소리야!"

"샤이나, 너도 뭐라고 해보렴!"

"아니, 난…… 수현의 말이 맞다고 생각하는데……."

"뭐라고?! 그게 지금 말이 된다고 생각하느냐!"

"어…… 그게…….."

샤이나의 눈동자가 뱅뱅 돌아가기 시작했다. 사방에서 난리 치는 가족들의 목소리에 극도의 혼란에 빠진 것이다. 그녀는 수현을 힐끗 쳐다보더니 수현의 뒤로 움직였다.

"난 발언권이 없어!"

"……?!"

"그게 무슨 소리냐?"

"그게, 그러니까, 사정이 있어서……. 어쨌든 난 수현이 하라는 대로 해야 해!"

말과 함께 샤이나는 수현에게 눈빛으로 신호를 보냈다.

'미안! 부탁할게!'

'이 자식이…….'

수현은 속으로 한숨을 내쉬었다. 그래, 이미 악역을 맡았는데 나쁜 짓 하나 더 한다고 뭐 달라지겠나.

"들었지? 그렇게 됐어. 그러니까 포기하라고. 당신들 가문을 살리고 싶으면 지금이라도 새로 자식을 낳든가 구해오든가 해."

"못 간다, 이놈! 어디서 남의 귀한 자식을 멋대로 데려가려고!"

"갈 거면 자식을 낳고 가라!"

다크 엘프들은 자리에서 일어나 수현에게 달려들었다. 수현이 피하자 넘어진 다크 엘프 하나가 수현의 발목을 붙잡고 늘어졌다.

"이것들이 단체로 미쳤나? 안 떨어져?!"

결국 수현이 밖으로 나온 건 한 시간이 지나고 나서였다. 밖으로 나온 수현은 오우거와 싸운 것보다 더한 정신적 피로감을 느꼈다.

샤이나의 가족이니 세게 두들겨 팰 수도 없었던 것이다.

"미안, 정말 미안."

"……이 이야기는 더 이상 하지 말자고."

샤이나와의 일은 그저 웃어넘길 수 있는 해프닝이었다.

수현에게는 조금 더 진지한 일들이 남아 있었다.

"통행권에, 앞으로 탐험할 시 안내인에, 거기에 또……."

"무슨 백화점 왔나?"

"백화점을 알다니, 신기하군."

"나이가 나이니 인간들의 도시에 대해서는 어느 정도는 알지. 그보다 너무 욕심을 부리는 거 아닌가?"

"욕심을 부린다니. 지금 내 동료들은 독 때문에 아직까지 누워 있거든?"

실제로 엉클 조 컴퍼니 대원들은 야영지에 누워 있었다. 수현 때문에 억지로. 사실 독이 격발되고 나서 바로 회수했기에 피해는 거의 없었지만, 수현은 시위를 위해 누워 있으라고 명령했다.

－우리 언제까지 이러고 있어야 해요?

－나도 몰라. 조용히 다물고 누워 있어.

－나 근데 기분이 좀 이상하다. 간질간질한 게 뭔가 안쪽에서……

－헉, 너도 그러냐? 나도 그런데.

－모두 조용히!

"그러니까 우리가 치료사를 보내준다니까……"

"됐어. 어떻게 믿고."

셀리나는 더 이상 설득하는 걸 포기하고 한숨을 쉬었다. 수현이 들어줄 수 없는 걸 요구하지는 않았지만, 오히려 그래서 더 까다로웠다. 선 안에서 최대한 뜯어먹으려고 작정한 사람 같았다.

"그리고 시약 보관실을 사용하게 해줬으면 좋겠는데."

"뭐?! 그건 어떻게 알고 있는 거지?!"

"다 방법이 있지. 샤이나가 알려준 건 아니니까 쓸데없는 의심은 하지 말고."

"시약 보관실은 함부로……"

"그거 다 소모품이잖아. 필요하면 언제든지 꺼내 쓸 수 있고. 오우거가 아직도 남아 있었으면 놈한테 썼어야 했을 텐데."

맞는 말이긴 했다. 수현이 오우거를 잡지 않았다면 보관실의 물건 중 절반은 소모되었을 거고 남은 절반 중 또 절반은 이동 중에 소실되었을 테니까.

"안에 있는 것 중 뭐를 원하지?"

"전부 마음대로 쓸 수 있는 권한을 원하는데."

"뭐?!"

이건 셀리나도 놀랐다. 아무리 그래도 보관실에 있는 걸 전부 마음대로 써버린다니.

"안에 뭐가 들어 있는지도 모를 텐데! 혹시 갖고 나갈 생각인가? 설마 그럴 거라면……."

"갖고 나갈 생각은 없어. 보관실에 있는 것 중 밖으로 갖고 나가면 상할 게 꽤 많잖아."

"그러면 뭘 하려고?"

"그건 말해줄 생각이 없고. 어쨌든, 허락해 주겠나?"

"……좋아."

"안에 있는 것 중에서는 상당히 치명적인 것들도 있으니까 멋대로 만지지 말고 필요한 것만 사용하는 게 좋을 거야. 만약 문제가 생기면 우리는 책임질 생각 없으니까 이상하다 싶으면 바로 바깥으로 나오고."

"걱정하지 말라고."

"그건 뭐지?"

수현이 들고 있는 알약을 본 셀리나는 궁금하다는 표정으로 물었다.

"소화제."

"……?"

"그러면 갔다 오지."

다크 엘프는 시약 보관실을 매우 조심스럽게 다뤘다. 보관하는 물건들이 예민한 물건들이었으니 그건 당연한 일이었다.

지하로 들어가는 입구는 마을의 가장 가운데에 위치한 건물 밑에 있었다. 시약의 변질을 막기 위해서 안에서는 불도 켤 수 없었다. 수현은 야간 투시경을 끼고 걸어 내려갔다. 먼지와 약한 습기가 섞인 건조한 냄새가 코를 찔렀다. 수현은 시약 보관실을 둘러보며 한숨을 내쉬었다. 셀리나가 독성이 있는 거라고 겁을 줬지만, 수현에게 그런 건 문제 되지 않았다. 이미 독공을 완성시킨 이상 독은 수현에게 통하지 않았다.

문제는 덕분에 이것들을 그대로 먹어야 한다는 것이었다.

'혀를 마비 독으로 마비시키려고 했었는데…….'

스스로의 신체를 탓하며 수현은 함을 열고 안에 있는 재료들을 하나씩 꺼내기 시작했다. 이제 마도서를 열고 확인할 생각도 없었다. 지금 필요한 건 다양한 초능력이었다. 수현은 가능한 초능력을 얻어서 조합을 만들어볼 생각이었다.

아직까지는 괜찮지만 언제 더 강한 화력이 필요할지 모른다. 그럴 때를 생각한다면 염동력과 독공은 살짝 부족한 느낌이 있었다. 독은 지속적인 피해는 입히지만 관통력은 없었으니까.

수현은 닥치는 대로 먹기 시작했다.

짜고, 달고, 시고, 쓰고, 쓰고, 쓰고…….

'여긴 쓴맛밖에 없나?'

독이 있는 것들도 있었다. 독공이 자동으로 움직여 독을 흡수하는 게 느껴졌다. 몇 차례 쉬고 보이는 것을 다 먹었을 때쯤, 수현은 무언가 이상하다는 게 느껴졌다.

"어…….'

독공은 모든 독으로부터 몸을 보호했다. 그렇기에 여기 있는 걸 아무렇지도 않게 먹을 수 있었다. 그러나 상태가 이상했다. 앞이 흐려지고 있었다.

"말, 도 안 되는…….'

시야가 더욱 흐려지더니 어떤 풍경이 보이기 시작했다. 수현은 산의 정상에 있었다. 주변의 비탈은 모두 가팔라서 어떻게 올라온 건지 알기 힘들 정도였다. 밑으로는 광활한 카메론의 풍경이 펼쳐져 있었다.

머릿속에서 목소리가 들렸다.

─내가 내 인생에서 최후의 업적이 될 거라고 생각했던 것들은…….

하늘로 드래곤이 날아올랐다. 거대하고 붉은 몸체. 파충류와 닮아 있었지만 차원이 다른 위엄이 서려 있는 두 눈동자.

놈은 수현을 노려보며 아가리를 벌렸다. 아가리 안쪽에서는 이글거리는 불꽃이 튀기 시작했다.

드래곤 브레스였다.

─내 미래의 시작일 뿐이었다.

불꽃이 수현을 덮쳐 오고, 수현은 환상에서 깨어났다.

"이게 뭔……!"

온몸이 땀으로 흠뻑 젖어 있었다. 이런 현상은 겪어본 적이 없었다.

'환상이라니……."

물론 다크 엘프들이 환상을 다루는 것에 매우 능숙하다는 것 정도는 알고 있었다. 그들은 그런 걸로 미래를 점치기도 하니까. 실제로 수현은 그들의 약초를 빌려 강인규를 각성시키지 않았나.

그러나 그런 건 독 계열이었고, 수현한테는 통하지 않았다. 게다가 환상의 내용도 지나치게 생생했다.

잠시 휴식을 취하고, 수현은 다시 천천히 움직이기 시작했다. 남은 것들을 먹기 위해서.

"괜찮나? 표정이 창백한데. 설마 독을……."

"괜찮으니 걱정은 그만두라고."

수현은 울렁거리는 속을 다스리며 심호흡을 했다. 성과는 있었다. 안에 있는 걸 모조리 먹은 덕분에 몇 개의 초능력을 얻은 것이다.

조건을 다 채운 것만 사용 가능했으니 얼마나 많은 시약이 있었는지 알 수 있었다.

'발화, 빙결, 번개 화살, 에너지 샷…….'

다 무난하고 흔한 초능력들이었다. 평양에서도 얼마든지

구할 수 있는 초능력자들. 그걸 알기에 수현은 굳이 얻으려고 하지 않았었다.

하지만 지금은 달랐다. 무효화가 초능력 조합에 뚫린다면 다른 몬스터들한테도 더 강한 위력을 보여줄 가능성이 있었다.

"그보다 저 안에…… 환각을 보여주는 것도 있나?"

"그야 있지. 안에 있는 게 얼마나 많은데."

"환각이 보통 뭘 보여주지?"

"그건 특정할 수가 없는데, 너무 다양해서. 과거, 두려워하는 것, 보고 싶어 하는 것……."

"아니, 보고 싶어 하는 것은 아니야."

수현이 드래곤을 보고 싶어 할 리는 없었다. 미치지 않고서야. 셀리나는 수현의 표정을 보고 빙그레 웃었다.

"환각을 봤나 보군? 그러니 함부로 다루지 말라니까."

그녀는 아직 수현이 저 안에 있는 모든 걸 먹어치웠다는 걸 모르는 모양이었다. 수현은 이마의 땀을 닦으며 말했다.

"목소리가 들렸는데."

"종종 그러기도 하지. 가족의 목소리, 신의 목소리, 정령의 목소리……."

"아니, 내 목소리였어."

"네 목소리였다고?"

앞에서 걸어가던 셀리나는 그 말을 듣고 고개를 돌렸다.

"왜 그러지? 내 목소리를 들으면 안 되나?"

"보통 환상에서 자기 목소리를 듣는 경우는 없거든. 자기 목소리가 들린다는 건 환상에서 자기가 말하는 걸 들었다는 건데, 환상에서는 스스로가 말하지 않지. 다른 사람이 말하거나 하거든. 네가 두려워하거나 원하는 것들이 나오는데 왜 스스로의 목소리가 들리겠어?"

"그러면 내 목소리가 들린 건 뭐지?"

"나도 모르겠는데. 환각이 아니라 미래라도 봤나?"

"……더 끔찍한 소리인데."

"뭐라고 했지?"

"아니, 아무것도 아니야."

드래곤 브레스를 정면으로 맞는 게 미래라니. 차라리 환상이 나았다. 어쨌든 원하는 건 모두 얻었으니 더 이상 여기 남을 이유가 없었다.

"다음에 올 때는 조금 더 다른 사람들 관리에 신경 써줬으면 좋겠군. 내가 없을 때 공격을 받으면 더 난폭하게 대응할 가능성이 크니까."

"기억해 두겠네."

실제로 수현 정도니 독을 치료하고 제압이 가능해서 유혈 사태로 번지지 않고 끝난 것이지, 만약 수현이 아닌 다른 팀이었다면 즉각적으로 공격에 나섰을 가능성이 컸다. 인간들 입장에서는 다크 엘프 중 몇 명이 나선 건지 알 수 없었기 때문이었다. 제압하려다가는 역으로 당할 수도 있었으니 바로 공격했을 것이다.

가장 큰 문제였던 다크 엘프가 해결되었으니 용병들에게 더 이상 거리낄 건 없었다. 그들은 인슈린 구석구석을 돌아다니며 빼놓지 않고 조사했다. 가끔가다가 나타나는 몬스터들은 수현의 시험대가 되어줄 뿐이었다.

'가능한 초능력 조합을 미리 실험해 둔다. 나중에 정말로 써야 할 놈들한테 처음으로 써볼 수는 없으니까.'

원래라면 단순히 불꽃을 만들어 조종하는 초능력이 위력을 올리고 염동력과 결합하자 강력한 화염창으로 바뀌었다.

쾅직!

화염창이 몬스터의 몸통을 뚫고 박히자 주변이 화염으로 불타올랐다. 여러 조합으로 실험을 해보고 나서 수현은 결론을 내릴 수 있었다.

'속성 계열은 몬스터 타입에 맞추는 게 아니면 굳이 의미가 없겠군. 관통력은 에너지 계열과 염동력을 섞어서 쓰고…….'

수현 자신이 썼지만 소름이 끼치는 관통력이었다. 이런 게 가능하다면 굳이 무기와 염동력을 같이 사용할 필요가 없을 정도로.

　만족스러운 여정이었다. 블루베어 1팀이나, 다크 엘프같이 완벽하게 해결되지 않은 요소들이 있었지만 그건 꼭 지금 해결해야 하는 건 아니었다.

　'시간이 해결해 주겠지.'

　어차피 한두 번 보고 말 사람들이 아니었다. 수현은 그렇게 생각하며 평양으로 발걸음을 옮겼다.

　"그런데 가족들에게 인사는 했어?"

　"할머니한테만……."

　샤이나는 질렸다는 듯이 고개를 저었다.

　"귀찮게 해서 정말 미안. 앞으로는 이런 일 신경 안 쓰게 할게."

　"여기 오지 않으면 귀찮을 일이 있나."

　"그리고 다른 사람한테는 말하지 말아줄래? 특히 루이릴한테는."

　"알겠어. 그건 걱정하지 말라고."

　루이릴이 수현과 샤이나가 무슨 일을 겪었는지 안다면 바로 놀리기 시작할 것이다. 그녀의 성격상 어떻게 놀릴지 상상이 갔다.

　"귀환을 환영합니다, 김수현 씨."

　"감사합니다."

"아, 잠깐만요."

"……?"

평양의 검문소에서 간단한 확인을 받고 들어가려던 수현은 직원이 그를 부르자 의아하다는 표정으로 직원을 쳐다보았다.

"개발계획국 국장님께서 김수현 씨가 도착하는 대로 찾아와 달라고 말씀을 남기셨습니다."

"그래요? 알겠습니다."

원래라면 여기까지 오기 전에 기지를 통해 연락을 남겼어도 됐을 텐데, 블루베어와 함께하는 바람에 평소와 다른 길로 움직인 것이 원인이 된 것 같았다.

'국장이 무슨 일이지?'

국장이 그를 부를 이유는 하나밖에 없었다.

무슨 일이 생겼을 때.

그게 좋은 일이든 나쁜 일이든 간에.

"그러면 나는 잠깐 개발계획국에…… 잠깐, 다들 왜 이래?"

대원들의 얼굴이 지독한 숙취에라도 걸린 것처럼 피곤에 절어 있었다. 그가 안 본 사이에 그들이 몰래 술이라도 마신 게 아닌가 의심이 갈 정도였다.

'아니, 박수용이나 이소희도 있는 거 보니 아닌가.'

"속이 이상해서⋯⋯. 가서 쉬면 좀 나을 것 같습니다."

"그렇게 강행군은 아니었는데. 그러면 가서 쉬라고. 김창식, 너는 좀 멀쩡해 보이는데⋯⋯."

"평소 훈련의 차이가 이런 데서 나오는 게 아니겠습니까?"

"말은 잘해요. 다른 곳으로 새지 말고 들어가서 며칠은 푹 쉬도록, 다른 대원들도 같이. 알겠나?"

"예!"

블루베어와 같이 편하게 이동한 덕분에 대원들의 상태가 평소와 다르다는 걸 빠르게 눈치채지 못했다. 그러나 수현은 그렇게 심각하게 생각하지 않았다.

'뭐, 어린애들도 아니고. 자기 상태 정도는 알아서 잘 관리하겠지.'

"무슨 일로 부르셨습니까?"

수현은 시계를 보며 물었다. 여기에서의 일이 끝나면 최지은에게 가서 상황을 보고할 생각이었다. 인슈린에서 겪은 일이 한두 개가 아니니 생각을 정리할 시간과 그 생각을 도와줄 사람이 필요했다.

"아, 오셨군요. 걱정 많이 했습니다. 그쪽이 안 그래도 드래곤에 다크 엘프에⋯⋯."

"그런 걸 두려워하면 움직이는 거 자체가 불가능하잖습니까. 일은 잘 처리됐습니다, 국장님. 드래곤한테 전부 날아간 게 트라우마긴 하겠지만 계속 거기에 매달려 봤자 좋을 게 없어요. 결국 누가 먼저 나서든, 인류는 언젠가는 움직이게 되어 있습니다. 차이가 있다면 거기서 빠르게 나서느냐 늦게 나서느냐겠죠. 언제나 그렇듯이 늦게 나서는 놈에게는 기회도 주어지지 않을 테고요. 기왕 할 거라면 빨리 나서서 선점하는 게 좋지 않겠습니까? 안 그래도 국장님은 정치적 위치도 걱정되신다면서……."

국장은 손수건을 꺼내 이마의 땀을 닦았다. 사실 수현과 이런 대화를 나눈다는 것 자체가 조심스러운 일이기는 했다.

수현은 이제 그의 밑이라고 보기에는 지나치게 큰 것이다. 한국이 보유한 마법사라는 위치는 그가 잘려 나가든 아니든 달라지는 게 없었다.

"그건 괜찮을 겁니다."

"오, 지지율이 괜찮나 봅니다?"

"네, 예상만 보면 무난하게 승리할 거라고……."

"뭐, 현상 유지가 저한테도 좋죠. 정권이 바뀌면 이 개발계획국도 통째로 물갈이가 될 텐데, 새로 들어올 사람과 적응하려면 귀찮잖습니까."

수현의 태도에 국장은 안도의 한숨을 내쉬었다. 걱정하고 있는 것 중 하나가 그가 외부의 인사와 손을 잡고 개발계획국 내 정치를 건드리는 것이었다. 수현은 이제 충분히 그럴 힘이 있었다. 그러나 수현의 태도를 보니 그런 것에는 별로 관심이 없어 보였다.

"그래서 무슨 일로?"

"사실 별로 중요한 일은 아닙니다만, 수현 씨가 팀 신설에 관련된 일에 대해서는 꼭 말해달라고 하셔서 부른 겁니다."

"팀 신설? 개발계획국과 일할 팀을 새로 구했습니까?"

"아, 아뇨. 그건 아닙니다. 그리고 한동안은 그러기 힘들 것 같습니다. 적어도 대선 전까지는……."

주원준이 저지른 사고는 여러 곳에 여파가 미쳤다. 그런 인간을 데리고서 같이 정부의 일을 맡기려고 한 개발계획국에도 불똥이 튄 것이다.

그나마 그걸 잡아낸 게 같은 개발계획국 소속으로 일하고 있는 수현이어서 망정이지, 아니었다면 약점을 잡혀서 계속 공격당했을 것이다.

어찌 되었든 간에 지금 새로운 팀을 추가하는 건 부담스러웠다. 국장은 그나마 있는 마법사의 팀을 잘 관리해서 복지부동할 생각이었다.

"팀 신설은 국군 내 이야기입니다. 그쪽은 우리보다 비교적 여론에 덜 신경 써도 되거든요."

"그렇기야 하죠. 원래 자기들 멋대로 움직이니……."

수현은 고개를 끄덕였다.

한국군과 팀 신설. 어떤 이야기인지 짐작이 갔다. 민간 용병 회사 위주로 움직이던 한국이 드디어 새 프로젝트를 시작하는 것이다. 예전에 수현이 있었던, 군대에서 인재를 모아 만든 특수부대 위주의 운영. 더 값싸고, 비밀 유지가 편하고, 모든 면에서 편의적이었다. 물론 당사자들에게는 재능 착취에 가까웠지만.

'생각해 보니 그때는 진짜 왜 그렇게 열을 냈는지…….'

국가가, 군대가 뭐라고 그렇게 충성하며 일을 했는지 헛웃음이 나왔다. 물론 그 충성심은 배신 이후의 일로 깔끔하게 씻겨 내려갔다.

"이중영이라는 사람, 아십니까?"

"모르는데요."

모를 리가 없었다. 수현은 고개를 저으며 모르는 척을 했다.

이중영. 전 육군 대령.

그가 제대한 건 여러 정치적 사정이 얽혀 있다는 뒷소문이 있었다. 그러나 그런 건 중요하지 않았고, 중요한 건 그가 군 단위로 움직이는 특수부대의 창설을 주장했다는 점이었다.

'나는 그 양반 예전에도 그다지 안 좋아했었는데…….'

그는 국가 단위로 주도하는 중국식 방식을 벤치마킹하려

들었다. 군대 내에서 인재를 싸고 쉽게 모은 후 가짜 민간 용병 회사를 몇 개 만들어 신분을 세탁하면 편리하게 이용 가능한 전력이 순식간에 생겨났다. 기존 민간 용병 회사에게 구걸하면서 전력을 모을 필요가 없는 것이다.

문제는 자신도 군인이었던 양반이 대원들을 지나치게 소모품으로 본다는 점이었다. 게다가 야심까지 높으니 둘이 합쳐져서 시너지 효과를 만들어냈다.

'중국은 인재나 많지. 우리는 걔들의 몇십 분의 일이라고.'

"전 육군 대령인데, 꽤나 비범한 사람입니다. 군 내 인사들과 정부 측 인사들을 설득해 새로운 프로젝트를 발주시켰어요. 군대 내에도 인재들은 있잖습니까? 그들을 모아서 새롭게 팀을 만들겠다는 거죠."

"흥미가…… 생기네요. 아, 국장님."

"네?"

"저번에 주원준 사건으로 관련해서 저한테 빚 하나 지셨잖습니까."

국장은 갑자기 불안해지는 걸 느꼈다.

'이 인간이 왜 갑자기 지금 이 이야기를 꺼내지?'

"그랬…… 죠?"

"그 빚, 갚긴 갚으셔야죠."

"예, 그렇긴 한데……."

"군 내에서 인재를 모을 때 혹시 저도 조금 낄 수 있을까요?"

국장은 질린 표정을 지었다. 완곡하게 말하고 있었지만, 한마디로 인재를 뺏어가겠다는 거 아닌가.

"아니, 아직 생기지도 않은 팀이고 프로젝트 열리지도 않았는데 벌써부터 이러시면……."

"안 됩니까?"

"안 되는 건 아닌데, 그러니까 그게……."

"정말 안 됩니까?"

"……될 겁니다. 어떻게든 해보겠습니다."

둘 사이에 껴서 괴로울 때는 강자에 붙어라.

국장은 원칙대로 행동했다.

"얼마나 데리고 가실 생각이십니까?"

"많이 안 데리고 갈 겁니다. 기껏해야 두셋. 아, 그리고 국장님한테 피해 안 가도록 팀 구성되기 전에 빼가겠습니다."

인재를 모으고 선별 과정이 끝난 다음 팀이 구성된 뒤 빼가는 게 더 힘들다. 그럴 바에는 인재를 모으는 과정에서 빼가는 게 서로에게 좋았다.

"예? 그러면 어떻게 구별하시려고요?"

"국장님, 제가 누굽니까?"

"아……."

그제야 국장은 수현에게 따라다니던 소문을 떠올렸다.

−한국의 마법사는 각성하지 않은 초능력자를 구분하는 능력을 갖고 있다.

−한국의 마법사는 초능력자를 각성시키는 능력을 갖고 있다.

이 소문은 어찌나 끈질긴지 아직도 돌고 있었다. 아니, 수현이 마법사라는 사실이 알려진 이후 더 무성해진 것 같았다.

'이 인간, 진짜 그런 능력이 있는 거 아닐까?'

아무리 생각해도 의심이 갈 수밖에 없었다. 게다가 국장도 이제 수현에 대해 어느 정도 감을 잡은 상태였다.

젊어 보였지만 그건 겉모습일 뿐이었고 속은 보통 능구렁이가 아니었다. 그런 능력을 갖고 있더라도 어떤 목적을 위해서 숨기고 있다면 놀랄 게 없었다.

"인재 구분은 제 주특기죠. 그러면 허락해 주신 걸로 알고, 감사히 받겠습니다."

"아, 네······."

수현은 자리에서 일어섰다. 그는 이후에 그에 관한 소문이 더 널리 퍼질 일이 터질 거라고는 상상하지도 못하고 있었다.

"이게 그 비약이야?"

"이걸 얻으려고 얼마나 고생을 했는지……."

눈을 감으니 발목을 잡고 늘어지는 샤이나의 가족들이 떠올랐다. 수현은 몸을 부르르 떨었다.

'잠깐, 생각해 보니 딱히 비약과는 상관이 없는 고생이네.'

그걸 오해한 최지은이 걱정스러운 표정을 지으며 말했다.

"오우거가 그렇게 강력했어? 차라리 피하지……."

"아니, 음. 그래. 정말 강력했지. 시간 능력이 없었다면 까다로웠을 거야."

"아, 시간 능력……. 다루는 건 어때?"

"이제 거의 익숙해졌어, 가속은."

"다른 방식은?"

"다른 방식?"

"감속이나, 다른 물체에 적용이나, 더 가속해 보거나 등등 다양한 방식 말이야. 초능력 활용은 나보다 네가 더 자세히 알잖아."

초능력은 형태가 정해져 있지만 한계는 정해져 있지 않았다. 계속해서 다양하게 사용해 보며 한계를 확인해 봐야 했다.

"감속은…… 쓸 일이 없어서. 내가 느려봤자 쓸 일이 어디에 있겠어. 다른 물체에 적용은 지금부터 해봐야 해. 그 비약이 아직 미완성이거든."

"응?"

"훨씬 더 오래 묵혀야 완성된다고 하더라."

"성분 분석은 해도 될까?"

"안에만 손대지 않는다면."

"그건 당연하지."

"그리고 특이한 걸 확인했어."

"……?"

수현은 무효화를 사용하던 오우거의 방어를 뚫은 기술을 설명했다. 두 개 이상의 초능력을 조합해서 공격하는 방식. 무표정하던 최지은의 얼굴이 반짝거리는 걸 보며 수현은 고개를 저었다.

'타고난 일 중독자야.'

수현이 할 소리는 아니었다.

수현의 말을 다 들은 최지은은 흥미롭다는 목소리로 말했다.

"초능력 조합은 예전부터 있었던 이론이었어. 물론 다른 사람들이나 아티팩트로 조합하는 건 예전에 실패했었지. 같은 초능력이라고 해도 사용하는 사람에 따라 파장이 다르니까, 마법사가 등장하니까 이런 식으로 증명이 되는구나."

"사람 앞에 두고 실험체처럼 이야기하는 건 그만두라고."

"아, 실험체 이야기하니까 생각난 건데 너 없는 동안 우리 쪽에서도 재밌는 일이 있었어."

"침입자? 습격? 납치? 정보 누출? 산업 스파이?"

"······그게 재밌는 일이야?"

"미안. 내 기준으로 생각했군."

최지은은 입술에 손가락을 대고 조용히 하라고 한 후 수현을 따라오게 했다. 몇 겹의 보안을 지나고 나서야 둘은 방에 도착할 수 있었다.

방 안에는 은색 금속 상자가 놓여 있었다. 살풍경했지만 그런 건 신경 쓰이지 않았다. 수현은 상자 안에서 무언가 박동하는 소리를 들을 수 있었다.

"이게 뭐게?"

"적어도 크리스마스 선물은 아니겠지."

실제로 최지은은 드문 표정을 짓고 있었다. 선물을 주기 전 두근거리는 표정을 그녀가 짓는 건 보기 힘든 일이었다.

"크리스마스 선물로 원한다면 줄 수도 있어."

"됐어. 와인에서 수상쩍은 상자라니. 너무 추락이잖아."

"와인이라니, 아······ 내가 크리스마스 선물로 와인을 줬어?"

"피임약이랑 같이."

"……!"

최지은의 귀가 붉어졌다. 미래의 자신에게 속으로 욕을 하고 나서야 그녀는 침착함을 되찾을 수 있었다.

"그, 그러니까. 이게 뭐냐면…….

"시간이 필요하면 조금 쉬었다 설명할까?"

"그런 배려는 필요 없어! 이게 뭐냐면, 아티팩트야."

"……?"

수현은 상자에 다가갔다.

이게 아티팩트라고?

"그런데 이게 왜 재밌는 일이야?"

"'인공' 아티팩트거든."

"……!"

수현은 오랜만에 놀랐다. 인공 아티팩트라니. 여러 곳에서 소문만 무성했었지 실제로 상용화까지는 가지 않은 걸로 알았는데.

'어떻게 한국에서 먼저? 내가 갖고 온 기술들 때문인가?'

"안에 들어간 게 뭔지 알아?"

"뭐지?"

"주원준의 장기."

"……."

어떻게 된 건지 알 것 같았다. 주원준 정도 되는 초능력자의 장기를 좋은 상태로 구하는 건 의외로 힘들었던 것이다.

그렇다 할지라도 그새 아티팩트로 바뀌다니. 수현은 생전 느껴본 적 없는 동정심이 느껴졌다.

"잠깐, 그렇다면 실제로 해봤어?"

"응, 옆에 보여?"

투명한 벽 뒤에는 금속으로 만들어진 인형이 있었다. 영화에 나오는 사이보그 같은 모습이었다.

"설마 저거……."

"주원준의 데이터를 참조해서 응용해 봤지. 잘되면 여기 경비로 쓸 거야."

시체를 온갖 기계공학적 기술로 강화한 결과물이었다. 주원준이 만든 시체와 방향성은 다르지만 이것도 나름대로 위압적이었다.

"다음에는 알타라늄 갖고 올 테니 위에 코팅을 씌워봐."

"정말?!"

이선화 박사는 수현이 최지은을 찾아왔다는 소식에 둘이 뭘 하는지 보려고 살짝 들렀다가, 시체를 앞에 두고 정답게 떠드는 두 남녀를 보고 고개를 저었다.

"그나저나 인공 아티팩트라는 건 흥미로운데, 이 정도 크기면 상용화와는 거리가 멀겠군."

상자의 크기는 사람만 한 사이즈였고 들고 다닐 크기는 아니었다. 몬스터 상대로 정신없이 움직여야 하는 상황에서는 더더욱 사용하기 무리였다.

"그야 아직은 개발 단계니까. 아마 이 정도는 다른 곳에서도 하고 있지 않을까 싶어. 다들 쉬쉬하고는 있지만……."

"그렇겠지, 아마."

카메론에 있는 나라는 정도의 차이만 있을 뿐 하나같이 기술 개발에 몰두하고 있었다. 누구나 느끼고 있는 것이다. 인류의 미래는 카메론에 있다고.

"뭐야, 알고 있는 거 있으면 말 좀 해주지."

"아니, 별거는 아니고……. 나야 미국 쪽에 연줄이 있으니까."

"걔들은 뭘 하고 있는데?"

갑자기 찰스 회장과 블루베어 팀이 떠올랐다. 만약 초능력 보충제에 대해 최지은에게 말해준다면 찰스 회장은 꽤나 섭섭해할 것이다. 수현이 마법사고 가치가 높았기에 그들의 연구에 대해 말해준 것이지 다른 사람에게 말하라고 알려준 게 아니었으니까.

그러나 수현은 신경 쓰지 않고 말해주었다.

'뭐, 이런 게 싫었으면 애초에 말을 하지 말았어야지.'

멀리 있는 찰스 회장보다는 눈앞의 최지은이 더 중요했다.

"초능력 보충제라니. 확실히 미국 쪽은 실용적인 연구를 많이 하는구나."

"성과가 나오는 즉시 바로 기업 단위로 이익이 들어오는데 할 수밖에 없지."

"재밌네. 소소하지만 이런 거 하나하나가 강점이지. 아, 나도 재미있는 소식 하나 들었어."

"……?"

"일본 쪽에서 인상 깊은 프로젝트가 하나 발표됐어. 그쪽 사람들한테 물어보니까 연구는 거의 끝난 상태고 공식적으로 발표만 기다리는 상태더라."

"무슨 프로젝트?"

"인공 차원문 프로젝트."

"……!"

수현의 표정을 본 최지은이 고개를 갸웃거렸다.

"알고 있는 거였어?"

"예전에 기사로만."

"그래? 어땠는데? 정말 여는 데 성공했어?"

"아니, 연구자가 결과를 조작했어. 당연히 실패했고. 한동안 그거 때문에 시끄러웠는데……."

"!?!?!"

최지은은 상상하지도 못했다는 듯이 당황했다.

"결과를 조작했다고?"

"내가 그때는 당사자가 아니라서 정확히는 모르지만, 그랬던 걸로 기억하는데. 기사에서는 연구자가 결과를 조작해서 속였다고 들었어."

"그럴 만한 커리어의 연구자가 아닌데……?"

"실적 압박이 있었다는데."

"세상에. 무슨 짓이야, 그게."

최지은은 고개를 절레절레 저으며 의자에 앉았다. 나름 같은 연구자로서 감탄하고 있었는데 조작이라니. 김이 팍 새는 기분이었다.

"중국이나 한국은 카메론에서 막대하게 챙겨가는데 계속 뒤처지니 초조해질 수밖에 없겠지. 위에서 초조하면 닦달당하는 건 아래고. 사람인 이상 그렇게 닦달당하면 어쩔 수가 없다고."

"으, 이거 시연하면 찾아가서 구경하려고 했었는데……."

"관둬, 관둬. 봐서 좋을 거 없다고. 그나저나 이 인공 아티팩트, 크기를 더 줄일 수는 없나?"

"아직은 무리일걸."

"아쉽군. 주원준 초능력은 희귀한 초능력인데……. 이종족들의 아티팩트는 어떻게 그렇게 작게 만들 수 있는 거지?"

"내 추측이지만, 아마 초능력이 아닐까 싶어."

"응?"

"아티팩트를 만드는 초능력. 우리가 주원준의 시체로 인공적인 아티팩트를 만든 것처럼, 초능력자의 육체를 결정화시키는 초능력이 있다면 이런 식의 아티팩트를 만들 수도 있겠지. 실제로 아티팩트의 연도를 추측해 보면 동시대에 만들어진 것이 꽤나 많이 보이거든. 한 초능력자가 여러 아티팩트를 만들어서 뿌렸다면 괜찮은 가설이지?"

"예전에 너한테 들었던 것 같기도 하고……."

"……그냥 처음 듣는다고 생각해. 미래의 내가 말했던 걸 생각해서 말할 수는 없잖아!"

"그나저나 저런 식의 초능력이 발견된 적이 있나?"

"내가 알기로는 없어. 너도……."

"없지. 그러니까 물어본 거지. 희귀한 초능력 같은 경우는 한 세대에 발견되지 않는 경우도 흔하니까 이상할 건 없는데, 탐나긴 하는군."

"발견되면 별로 보기 좋을 것 같지는 않아."

"어째서?"

"예전의 아티팩트를 만든 이종족은 우리처럼 조직화되어 있지 않았어. 그러니 기껏해야 몇 개 정도를 만들었겠지. 손에 넣을 수 있는 초능력자의 신체에 한계가 있었을 테니까. 그렇지만 우리는 아니잖아? A급 이상 초능력자들은 구하기 힘들다지만 자잘한 초능력자들은 구하기도 쉬워. 조금 더러운 곳에서 그런 초능력을 얻었다가는…….”

“아티팩트 공장을 세우겠군. 무슨 소리인지 이해했어. 만약 발견되면 내가 우선적으로 데리고 오지.”

“아니, 그러란 뜻은 아닌데.”

“아냐, 찾으면 꼭 데리고 오지.”

“위험한 짓 하지 말라니까…….”

말을 귓등으로 흘리는 수현을 보고 최지은은 한숨을 쉬었다.

“수현아, 이상한 일이 생겼다.”

“예?”

돌아온 수현을 부른 건 조승현 사장이었다. 최근 수현이 현장에서의 일을 전부 처리하고 있었기 때문에 그가 하는 일은 주로 그 뒤처리였다.

산더미처럼 쌓인 이권과 그것에 대한 정리는 만만치 않았다. 물론 남이 들으면 배부른 고민이라고 욕을 먹겠지만.

“우리가 갖고 있는 권리가 많다는 거 알고 있지? 그중에서 아직 내버려 두고 있는 것도 많고.”

"외부인한테 대여하는 것 때문에 그럽니까? 적당히 믿을 만하면 돈 받고 넘기시죠. 어차피 우리가 다 붙잡을 수는 없어요."

"아니, 그게 아니라……. 그건 당연한 거고, 그런 거 때문에 이상하다고 하지는 않지. 어쨌든 그 권리 좀 같이 나눠 먹자고 접근하는 기업이나 회사들이 있어. 당연히 거를 곳은 거르고 그럴듯한 곳은 좀 살펴본 다음 손을 잡는데, 알다시피 이런 일이 깔끔하게 계약서상으로만 이뤄지는 경우가 드물잖아."

"사장님…… 설마…….'"

카메론에서 오가는 권리 하나에 달린 이익의 규모가 워낙 크다 보니 관련된 계약을 하나 따내기 위해 온갖 뒷공작이 오가곤 했다. 서류에 남지 않은 현금 같은 방식은 너무 흔해서 이제는 안 쓰일 정도로.

"난 안 받았어!"

수현의 눈빛이 차가워지자 스스로가 무슨 의심을 받고 있는지 깨달은 조승현은 급히 부정했다.

사장이기는 하지만 수현의 위치를 생각해 본다면 이 회사의 실질적인 중심은 수현이었다. 당장 수현이 나가면 어떻게 될지를 생각해 보면 답은 금세 나왔다.

그러나 조승현은 그의 위치에 아무런 불만이 없었다. 바지 사장도 거물 옆에 붙어서 한다면 같잖은 회사의 사장보다 훨씬 높은 위치를 누릴 수 있었으니까.

그는 그의 작은 용병 회사가 어떻게 여기까지 왔는지 아주 잘 알고 있었고, 앞으로도 그 관계가 깨지지 않기를 바랐다.

"그럼 뭡니까?"

"한국 쪽 기업들은 이런 거 걸리면 벌금이 좀 세니까 제시를 하더라도 조금 세련되게 하거든? 무식하게 현금으로 주는 경우는 요즘 보기 드물어. 추적 불가능 현금 칩을 사용한다고 하더라도 결국 꼬리는 잡히게 되어 있으니까. 좀 다양한 방식으로 리베이트를 주는 게 요즘 트렌드인데……. 노골적으로 현금을 주겠다는 회사들이 있어."

"네?"

"내가 긍정적인 대답은 약속해 줄 수 없다고 말해도 상관없다면서 현금을 주려고 하더라고. 아무리 생각해도 우리한테 눈도장 좀 찍겠다고 바치는 돈치고는 너무 과해서 거절하기는 했는데, 이 회사뿐만 아니라 다른 몇 군데 회사에서 더 제안이 들어오니까 좀 고민이 되더라. 요즘 경쟁이 치열해서 그런가? 일단 못 받더라도 찔러보는 건가?"

"……!"

수현은 무언가 섬뜩한 게 등을 스치고 지나가는 느낌을 받았다. 물론 조승현의 생각이 맞을 수도 있었지만, 그보다는 다른 가능성이 있었다.

'설마 누군가 함정을 파고 있는 건 아니겠지?'

명백한 적보다 더 상대하기 까다로운 건 아군이었다. 생사를 오가는 전장을 돌아다니며 몬스터와 이종족을 상대하다 보면 잊기 쉬웠지만, 용병들은 결국 현대 사회에 소속된 사람들이었다.

내부의 법과 질서를 따라야 했다. 잘못을 저지르면 정해진 법에 의해 처벌을 받았다.

'내가 너무 과민한 건가……'

상황은 그럴듯했다. 안 그래도 수현이 초를 친 일이 몇 개 있었으니 다른 국가, 특히 중국에서 눈엣가시로 여길 만했다.

게다가 마법사인 게 알려지고 그의 강함도 어느 정도 기준이 잡혔을 테니 기존의 방법으로는 공격하기 힘들다는 것도 깨달았을 것이다.

그렇다면 이런 방식도 충분히 가능했다. 수상쩍은 뇌물을 받은 흔적이 연속적으로 잡히면 최소한 정부 관련 일에서는 물러날 수밖에 없었으니까.

'누가 배후든 상관없다. 정공법으로 가면 그만이지.'

"사장님, 잘 말하셨습니다. 함정일 수도 있겠네요."

"함정? 누가 우리한테 함정을 파?"

"중국이나 러시아 정도? 한국 안에서만 봐도 우리를 시기하고 견제하는 놈들이 꽤 있을 텐데. 타 국가면 더 그렇겠죠."

"에이, 설마……. 서류상으로는 멀쩡한 회사였는데. 네가 오해하는 거 아냐?"

"물론 오해일 수도 있죠. 중요한 건 조심하자는 겁니다. 조심해서 손해 볼 건 없으니까요. 앞으로 관련된 거래는 모두 공식적인 선에서만 하세요. 리베이트 같은 건 조금도 받지 마시고."

"그렇게까지 해야 해?"

"어차피 돈이 모자라지는 않잖습니까. 이미 쌓아놓은 것만 해도 충분할 텐데요. 게다가 정부도 있고."

"그렇기는 한데……. 알겠어. 제안은 전부 거절해 둘게."

"감사합니다."

밖으로 나온 수현은 대원들이 있는 곳으로 걸어갔다. 언제나 그들에게 수상쩍은 제안 같은 건 받지 말라고 말했지만 이번 일을 기회로 다시 한번 강조할 셈이었다.

그의 대원은 대부분 믿을 만했지만 유혹에 약해 보이는 놈들이 있었다. 그런 놈들은 자기가 배신하고 있는지도 모르는 채 중요한 정보들을 불 수 있었다.

"다시 한번 관리를…… 뭐야, 다들 어디 갔어?"

"아, 팀장님."

원래라면 대원들이 돌아다녔을 휴게실에는 김창식만 남아 있었다.

"다른 대원들은?"

"몇몇은 밖에서 운동하고 있고, 나머지는 지금 몸 상태가 안 좋아서 의사들한테 진료받고 있습니다."

"뭐?"

수현은 그 말을 듣고 김창식에게 안내하라고 말했다. 대원들의 건강엔 문제가 없었다. 그러나 카메론은 무슨 문제가 생길지 모르는 곳이었다. 모르는 병이 갑작스럽게 발병한다고 해서 이상할 게 없었다.

"너는 괜찮냐?"

"저야 있는 게 건강 아니겠습니까."

"다행이군."

수현은 의료실에 들어갔다. 부지를 확장할 때 상주하는 의사도 고용했었기에 안의 시설은 훌륭했다. 대원들은 피곤한 얼굴로 누워 있다가 수현이 오자 손을 들었다.

"팀장님."

"뭐야? 어떻게 된 거야? 상태가 어떤 거지?"

"딱히 큰 문제는 없습니다. 단순한 피로 같습니다만……."

검사를 끝낸 의사가 그렇게 말했지만 수현은 그 말을 무시했다. 단순한 피로 때문에 저런 모습을 보이지는 않았다.

박수용이나 정성재, 김동욱, 그리고 이소희까지. 이소희
는 수현을 보자 일어서려고 했다. 수현은 그녀를 말리며 물
었다.

"누워 있어. 그보다 상태를 말해봐. 언제부터 이런 거지?"

"열이 좀 나고 피곤한 것 말고는 괜찮습니다."

"좀이 아닌데, 이거……."

수현은 이소희의 이마를 만져 보았다. 뜨끈하게 열이 올라
오고 있었고, 얼굴은 붉어져서 땀을 송골송골 흘리며 가쁘게
숨을 내쉬고 있었다. 다른 대원들도 마찬가지였다.

"이렇게 열이 나는데 큰 문제가 없다고?"

"그게, 체온은 정상이라……."

"체온은 정상이라고?"

대원들의 증상에 수현은 무언가 떠오르는 게 있었다. 실제
로 체온을 측정하면 멀쩡했지만 지독한 감기에 걸린 것처럼
앓는 증상을 보이는 건…….

'각성 증후군?!'

초능력자는 각성할 때 아무렇지도 않게 각성하는 경우도
있었지만 이런 식으로 앓고 각성하는 경우도 있었다. 의외로
많이 보이는 케이스였기에 이름마저 따로 붙어 있을 정도로.

'그런데 뭘 했다고 각성을?'

예전 엉클 조 컴퍼니를 생각해 봤을 때 대원들 중 추가로

각성하는 이들이 있다는 건 기정사실이었다.

그렇지만 이렇게 갑작스럽게 각성 증후군을 보여주니 수현으로서는 당황스러울 수밖에 없었다.

'인슈린의 기후 때문에? 다크 엘프와의 접촉? 오우거와 싸워서 그런가?'

"어떻게 할까요? 큰 병원으로 옮길까요?"

"아니…… 일단 큰 이상이 없다고 하니 하루만 더 기다려 보죠."

각성 증후군은 길어봤자 하루 이상을 가지 않았다. 봐서 아니라면 그때 확인해도 됐다. 수현은 떠나지 않고 옆의 의자에 앉아서 밤을 새웠다.

그리고 다음 날 새벽, 가장 먼저 각성한 정성재가 천장을 날려 버리는 것으로 수현의 잠을 깨웠다.

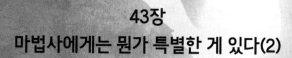

43장
마법사에게는 뭔가 특별한 게 있다(2)

"뭐야, X발?!"

폭음에 수현은 욕설과 함께 눈을 떴다. 천장이 날아가 있었다. 수현과 눈이 마주친 정성재는 어색하게 웃었다.

"지금 웃을 때냐?"

"하, 하하. 저도 제가 일부러 한 게 아니라……."

"손 내 쪽으로 뻗지 마라. 잘라 버린다."

"힉."

"컨트롤하기 전까지는 조심해. 동료를 쏠 생각이냐? 그보다 무슨 초능력이지?"

수현은 천장을 쳐다보았다. 천장에는 불규칙한 형태의 구멍이 나 있었다.

"폭발 계열? 뭐야. 꽤나 괜찮은 초능력이잖아?"

"그게, 그렇게 편리한 게 아닌데요."

"……?"

정성재는 그가 깨달은 능력에 대해 설명했다. 페널티 없이 자유자재로 폭발을 발동시킬 수 있는 능력은 아니었다. 그런 초능력이라면 바로 특급 초능력자 대우를 받을 수 있었다.

"신체의 일부?"

"예."

"그런데 저 천장은 어떻게 날린 거야? 신체의 일부라며?"

"손톱을 튕겨서……."

"일부러 한 거 맞잖아, 이 새끼야!"

"방, 방금 일어나서 현실감이 없었다고요!"

"뭐야, 무슨 일이야?"

"괜찮아?!"

천장이 날아간 소란 때문에 다른 곳에 있던 대원들도 달려왔다. 루이릴은 천장이 날아간 걸 보고 휘파람을 불었다.

"와, 수현이 한 거야?"

"얘가 한 거다. 공병 출신이라고 초능력도 희한한 걸……."

폭발물을 주로 다루는 정성재에게 어울리는 초능력이긴 했다. 얼마 지나지 않아 정신을 차린 다른 이들도 초능력을 설명하기 시작했다.

"손에서 이렇게 전기를 흘릴 수 있게 됐는데……."

"이건 비전투 계열 능력에 가깝군. 어차피 전자 장비 다루는 게 전문이니 쓸모 있지 않나? 위력보다는 세밀한 게 더 중요할 테니."

"생각해 보니 그러네요."

"수용이 형, 형은요?"

달려온 김창식은 궁금하다는 듯이 박수용을 쳐다보았다. 박수용은 떨떠름한 표정으로 손을 내밀었다. 손에서 시린 냉기가 뿜어져 나오더니 닿은 걸 단단하게 얼렸다.

'이정우 하위 호환이군.'

진돗개 1팀의 팀장 초능력과 비슷한 계열이었다. 그쪽이 더 범용성이 높았지만.

물론 입 밖으로 내뱉지는 않았다. 초능력자는 초능력자라는 것만으로도 충분히 가치 있었다. 무엇보다 아티팩트 사용에 있어서 더 자유로웠으니까.

'이걸로 원래 있던 인원의 비초능력자는 전원 각성한 건가? 고르간은 오크라서 각성을 못 한 건가. 원래 이유가 안 돼서 그런 건가.'

"뭐야, 왜 이리 평범해요?"

"평범한 게 좋은 거야! 너처럼 이상한 초능력이 아니라서 다행이다!"

"뭐, 뭐? 이상한 초능력? 말 다했어요? 제 초능력이 얼마나 활약을 많이 했는데……!"

"그나저나 이소희 대원은?"

"음, 그게……."

"여기서 보여주기 곤란한 초능력인가?"

"그건 아닙니다만……."

이소희가 루이릴을 쳐다보며 안절부절못하자 수현은 의아해했다. 언제나 냉정하게, 프로답게 일을 처리하는 그녀가 저런 태도를 보여주는 건 드문 일이었다.

'뭐지?'

이소희의 신형이 사라졌다가 수현의 뒤에서 나타났다. 그걸 본 루이릴의 입이 벌어졌다.

"순간이동?"

"어, 루이릴 씨랑 겹쳐?"

모두의 시선이 루이릴에게 모였다. 수현은 왜 이소희가 안절부절못했는지 알 것 같았다.

초능력자의 초능력은 개인의 정체성과 비슷한 것이었다. 같은 팀의 같은 초능력을 가진 초능력자가 있으면 여러모로 신경이 쓰일 수밖에 없었다. 능력의 차이가 나거나, 포지션이 겹치거나.

게다가 이소희는 루이릴과 입장이 달랐다. 루이릴은 어디까지나 외부인이었지만 이소희는 회사가 생길 때부터 일해 온 창단 멤버였던 것이다.

'순간이동이라니. 엉클 조 컴퍼니가 왜 흥했는지 알 것 같군.'

이들의 초능력을 봤을 때 계획적으로 움직인다면 충분히 강한 전력이 될 수 있었다. 이제야 납득이 갔다. 수현은 고개를 끄덕였다.

그걸 오해했는지 루이릴이 그의 어깨를 급하게 잡았다. 그녀는 수현의 귓가에 입을 가까이 붙였다.

"⋯⋯?"

"도, 도둑질은 내가 더 잘할 거야!"

"⋯⋯?"

🐉

"순간이동 능력자가 두 명이면 좋은 거지, 뭘 쓸데없는 걱정을 해."

"아하하, 아하하하. 그렇지? 나 걱정 안 했어. 진짜야."

루이릴은 태연한 척을 했지만 수현은 그녀가 꽤나 당황했다는 걸 알 수 있었다.

"안 그래도 이중영 그 인간이 부대 만들기 전에 인재 빼

올 생각이었는데, 이렇게 초능력자가 더 생기니…… 아."

"……?"

"젠장, 진짜 귀찮게 됐군."

"무슨 일이야?"

저번에도 수현에게 초능력 각성과 관련된 능력이 있는 게 아닌지 꾸준히 의심해 오던 이들이었다. 이렇게 대놓고 몇 명이 동시 각성을 해버리면…….

'나 같아도 안 믿겠다.'

하지만 정말로 그런 능력은 없었다. 알아보는 능력도 마찬가지로 없었고. 그저 과거로 돌아왔기에 가능한 일이었고, 거기에 동시 각성은 그저 운일 뿐이었다.

'그런데 진짜 모르겠군. 왜 인슈린에 다녀오자마자 이렇게 된 거지.'

지위가 지위인 만큼 수현을 대놓고 귀찮게 할 사람은 없지만, 지금은 전과 상황이 달랐다. 의심은 더 견고해졌을 것이고, 현재는 이중영이 전권을 받고 앞에 선 상태였다.

'아, 그 인간. 지랄할 텐데…….'

수현의 예상은 맞아떨어졌다. 수현을 대놓고 부르지는 못했지만, 초능력자 각성 사실을 들은 이중영은 개발계획국에 찾아가 열변을 토하고 있었다.

"당장 방법을 내놓으라고 해야 해! 분명 놈은 갖고 있다니까!"

"하지만 이중영 씨…… 그게 말처럼 쉬운 게 아닙니다. 일단 이거 관련된 이야기는 저번에도 꺼낸 적이 있었어요. 김수현 씨는 아니라고 부정했고."

"그걸 믿나? 거짓말이 분명해! 그런 거라면 당연히 독점하려고 하겠지!"

"그건 중요하지 않습니다."

이중영과 달리 국장은 냉정했다. 그는 지금 상황에서 그가 어떻게 행동해야 하는지 잘 알고 있었다.

"이미 김수현 씨가 부정했고, 저희는 더 이상 그것과 관련해서 요청할 생각이 없다는 게 중요하죠."

"어째서지! 초능력자 전력이 무엇보다 필요한 건 개발계획국일 텐데?"

"일단 그 정보가 확실하지도 않을뿐더러……"

"지금 이 정황들을 보고서도 확실하지 않다고?!"

"말조심하시죠, 이중영 씨. 저는 당신의 부하가 아닙니다."

"……"

"확실하지도 않은 정보를 가지고 김수현 씨와의 관계를 망가뜨릴 수는 없기 때문입니다."

'한마디로 겁을 먹었다는 거잖아!'

이중영은 속에서 나오는 말을 집어삼켰다.

그는 우둔한 사람이 아니었다. 국장이 왜 이런 태도를 보여주고 있는지 바로 알 수 있었다. 김수현한테 겁을 먹은 것이다. 그의 위상과 가치 때문에. 그는 언제든지 다른 나라로 갈 수 있었고 다른 세력과 손을 잡을 수 있었다. 최초의 마법사라는 건 그만한 가치가 있었다.

"이 나라는 너무 초능력자한테 오냐오냐해 주고 있는 것 같군……."

"자유민주주의 국가잖습니까. 그게 싫으면 다른 나라로 가시면 되겠군요."

쾅!

이중영은 문을 박차고 나가 버렸다. 직원 하나가 나가는 그를 보고 험악하게 말했다.

"저 새끼, 군인 출신이라고 여기가 멋대로 해도 되는 곳인 줄 아나 봅니다?"

"내버려 둬. 저런 놈은 오래 못 가니까. 적을 사서 만드는군."

국장의 예측은 반만 맞아떨어진 셈이었다. 원래라면 이중영은 오래 갔을 테니까.

복도를 거칠게 걸어가면서 이중영은 속으로 생각했다.

'이런 식이니까 우리가 밀리는 거다. 조금 더 강하게 초능

력자를 휘어잡아야 해. 우리가 선택해야 할 방식은 미국식이 아니라 중국식이다.'

초능력자를 자유롭게 풀어주니 모두 이기적으로 굴고 있었다. 그렇게 되니 체급 차이가 심한 미국과 중국 상대로 할 수 있는 게 너무 차이가 났다. 지금이라도 초능력자들의 목에 목줄을 묶어야 했다.

만약 처음부터 그런 식으로 나갔다면 지금 마법사한테도 쩔쩔매지 않았을 것이다. 타국과의 협상? 바로 내통했다는 죄로 잡아넣을 수 있었다.

'두고 봐라. 국장, 난 너와 다르다. 네가 그렇게 오냐오냐 해 주니까 초능력자들이 더 기어오르는 거야. 그러니까 실패하는 거지!'

군 내 초능력자 부대를 축으로 실적을 올리고 현재 개발계획국이 갖고 있는 위치를 그에게로 옮긴다.

그가 갖고 있는 연줄과 실적이 겹쳐진다면 행성관리부 장관도 꿈이 아니었다.

그 자리에 오른다면 지금 제도를 전부 바꿔줄 생각이었다.

"아, 예. 알겠습니다. 네, 네. 말씀해 주셔서 감사합니다.

매번 이렇게 신세만 지니 언제 제가 식사라도 한번 대접해야겠어요. 네, 네. 감사합니다."

수현이 통화를 끊고 한숨을 내뱉자 샤이나가 고개를 갸웃거리면서 물었다.

"무슨 대화야?"

"개발계획국에서 온 고자질. 내가 싫어하는 놈이 날 싫어한다더군."

"그거 잘됐네. 물어뜯어도 죄책감이 안 들잖아?"

"난 날 안 싫어하는 놈을 물어뜯어도 죄책감 같은 거 안 들어."

개발계획국과 친하게 지낸 보람이 있었다. 국장이 바로 연락을 해서 이렇게 말해주다니. 생각보다 훨씬 더 충성심이 있었다.

'이중영, 이 인간은 어떻게 상대해야 하려나.'

솔직히 적보다 까다로웠다. 멋대로 죽일 수도 없고, 꼬투리를 잡아서 몰락을 시켜야 했다. 먼저 덤벼온다면 쉬웠지만 아군인 이상 그럴 리는 없을 것이다.

'어쨌든 지금은 내가 위니까…….'

막 신설하는 팀 몇 개를 갖고서 돌려야 하는 그와 수현의 위치는 비교가 되지 않았다. 게다가 과거처럼 수현이 그의 명성을 올려주지도 못할 것이다. 굳이 먼저 움직일 필요는 없었다.

수현은 생각을 멈추고 비약을 손바닥 위에 올려놓았다. 분석이 끝나고 다시 찾아온 물건이었다. 정신을 집중해서 시간을 당겨보려고 했지만 잘되지 않았다.

본인의 시간을 조절하는 것과 외부 물체의 시간을 조절하는 건 그 난이도 자체가 달랐다. 몇 번을 끙끙거려도 미동조차 하지 않았다.

'젠장.'

개발계획국에서 연락이 온 후, 몇 군데에서 더 연락이 왔다. 블루베어는 물론이고 회장에게서 직접. 어떤 루트로 들었는지 각성 사실을 들은 모양이었다. 이쯤 되니 다른 생각이 들었다.

'차라리 사기를 쳐 볼까?'

이쯤 되면 그가 아무리 아니라고 해봤자 믿어주지도 않을 것 같았고, 만만한 상대를 대상으로 사기를 치는 게 어떨까 하는 생각이 들었다.

'초능력자를 각성시킬 수 있다는 소문으로 뭘 할 수 있으려나……'

"마실 것 갖고 왔습니다."

"……?"

수현은 들어본 적 없는 소리에 샤이나를 쳐다보았다.

"여기가 마실 것도 줬었나?"

회사가 확장을 해서 부지까지 포함하면 정말 넓었지만, 안에서 일하고 있는 직원의 숫자는 그렇게 많지 않았다.

게다가 수현은 외부인이 그들의 구역에 돌아다니는 걸 좋아하지 않았다. 정보 같은 건 건드릴 수 없도록 해놨지만 그래도 마찬가지였다.

당연히 대원들이 머무르는 공간은 대원들을 제외하고서는 외부인이 들어오지 못했고, 심부름 같은 건 전부 스스로 알아서 해야 했다.

"일단 들어와."

문이 열리자 단아한 외모를 가진 여성이 트레이 위에 마실 걸 들고 들어왔다.

"처음 보는 얼굴인데?"

"새로 일하게 됐습니다. 잘 부탁드립니다."

"아, 그래. 나도 잘 부탁하고……. 그런데 왜 여기서 돌아다니지?"

"네? 일손이 부족하다고 들었는데요."

샤이나는 수현이 새로 들어온 미녀에게 관심을 보이자 의아하다는 듯이 그를 쳐다보았다. 원래 저런 식으로 관심을 보이는 사람이 아니었다.

"잠깐만."

"이, 이러시면……."

수현이 다가와서 팔을 잡자 여자는 당황해서 뒤로 물러서려고 했다. 그러나 그 동작은 어쩐지 기계적인 느낌이었다. 수현은 여자의 얼굴을 붙잡고 눈을 손가락으로 벌렸다.

"……?!"

"있고."

다음은 등. 옷을 올려서 보니 등에는 희미한 수술 자국이 있었다.

"뭐 하시는 거예요?!"

"여기도 있고. 잠깐, 마지막으로 좀 확인해 보고……."

수현은 루이릴이 훔쳐 온 중국 쪽 데이터를 단말기로 켜서 여자의 얼굴과 대조해 봤다.

"맞군."

"……."

상황이 이상하게 흘러가고 있었다. 여자가 그걸 모를 리 없었다. 그녀는 무의식적으로 뒷걸음질 쳤다.

"이러시면 사람을 부를……."

철컥!

"응, 불러도 되고. 일단 그 전에 경찰한테 가자고."

"……!"

"요원이면 초능력자일 수도 있겠군. 초능력 쓸 생각은 하지도 마라. 이 거리면 네 목은 바로 날려 버릴 수 있으니까."

"사, 사람 잘못 보신 거 아닌……."

"응, 아니야."

최근에 일어난 일련의 사건들이 지금 눈앞의 여자로 인해 확신이 섰다. 수상쩍은 뇌물도 중국 쪽과 관련이 있을 가능성이 컸다.

수현이 확인한 건 육체 강화 수술 흔적이었다. 중국 쪽에선 요원을 투입할 때 유사시 전투가 가능하도록, 그리고 관리가 쉽도록 몇 가지 수술을 해서 보내는 게 관례였던 것이다.

'나를 너무 우습게 보는군. 요원을 보내는 건 좋은데 공작은 좀 더 꼼꼼하게 했어야지.'

사실 중국의 잘못은 아니었다. 이런 사실들은 전혀 알려지지 않았으니까. 그 누가 수술 흔적까지 찾아서 잡아내리라고 생각했겠는가?

실제로 수현한테 수갑이 채워진 요원은 당황해서 말도 잇지 못하고 있었다.

"이, 이게…… 무슨……."

"경찰 아저씨, 여깁니다. 대초능력자 전담반 데리고 오셨죠? 만만한 사람 아니니까 절대 방심하지 마시고."

"이 사람이요?"

"그럼 제가 여러분 불러서 헛소리라도 할 것 같습니까?"

"아, 그게 아니라……."

"됐고, 데리고 가세요. 자세한 건 행성관리부에서 따로 연락이 올 테니까."

수현은 수갑을 채운 요원을 그대로 밀어버렸다. 떠밀린 요원은 경찰들에게 끌려가 버렸다. 완전한 상태의 초능력자를 잡는 게 어렵지, 일단 잡혀서 무력화된 초능력자라면 감금시킬 방법은 얼마든지 있었다.

"직접 심문 안 해?"

"해봤자 의미가 없지."

샤이나의 질문에 수현은 어깨를 으쓱거리면서 대답했다. 중국 측 요원일 경우 알고 있는 건 거의 없다고 봐도 좋았다. 적진에 넣는 말에게 많은 걸 알려주는 사람은 없었다. 아마 행성관리부에서 직접 심문에 들어갈 테지만 쓸 만한 결과는 없을 게 분명했다.

'어차피 뭐가 나오면 나한테도 들려오겠지. 내가 중국한테 당하면 손해 보는 건 정부밖에 없으니까.'

수현의 안전을 걱정하는 건 수현보다 정부가 더 심했다. 수현이 사고라도 당한다면 그땐 그냥 끝나지 않았다. 관련자 중 몇몇은 옷을 벗어야 할 것이다.

"부지가 넓어서 직원을 어쩔 수 없이 고용하다 보니 이런 사고가 나는군. 한번 검사 좀 해야겠다."

"설마 더 있을까?"

"아마 그러지는 않겠지만……."

보통 한 명에게 이런 식으로 작업할 때 두 명 이상을 보내지는 않았다. 그러나 수현은 확실한 걸 선호했다.

"확인은 하고 넘어가자고. 확실한 게 좋으니까."

졸지에 재검사가 이뤄졌다. 모두 다 서류상으로는 확실했지만 수현은 서류를 믿지 않았다. 그런 건 얼마든지 조작 가능했다.

회사 내에 타국의 스파이가 들어왔다는 사실이 퍼지자 대원들은 웅성거렸다. 수현은 그들에게 다시 한번 강조했다.

"이제까지는 편하게 지냈지만 앞으로 이런 건 일상이 될 거다. 스스로의 위치를 자각하고 행동을 조심하도록. 회사 안이 아니라 밖에서도 얼마든지 접근해 올 수 있다. 생각 없이 말하지 말고, 스스로의 말과 행동에 책임을 질 수 있어야 한다."

"……."

"특히 몇몇은 더욱 조심해라."

"왜 저를 쳐다보십니까?!"

"대원 전용 구역에 외부인 들여놓지 말고. 잠깐도 안 된다. 규칙 철저하게 지켜라. 알겠나?"

"예!"

얼마 지나지 않아 연락이 왔다. 잡힌 요원이 알고 있는 건 별로 없었다. 기껏해야 명령을 받고 수현에게 접근해 친해진 후 가능한 정보를 빼돌리는 것 정도. 정석적인 기술이었다.

"건질 만한 건 별로 없었다고요?"

─예, 요원은 구금해서 투옥을 하거나…….

"그럴 리는 없겠죠. 감옥에 넣어서 좋을 거 하나 없는데. 교환 카드로 쓰실 겁니까?"

─…….

상대는 당황해서 말을 멈췄다.

'내부에 혹시 스파이라도 심었나? 어떻게 알고 있는 거지?'

아무리 생각해도 수현이 보여주는 조직 내의 해박함은 이해가 가지 않았다. 개발계획국 내에서도 말이 많았었는데…….

"뭐, 제가 잡았지만 그 정도는 이해해 드리겠습니다."

─아, 감사합니다……?

"저는 애국자니까 말이죠."

─…….

하고 싶은 말은 많았지만 참았다. 무엇보다 수현은 마법사였으니까.

"그나저나 군 내에서 새로운 팀을 만드는 계획은 잘되어

가고 있습니까?"

군 안에서 인재를 데리고 갈 수현의 입장에서 저런 요원을 선물해 주는 친절 정도는 충분히 해줄 수 있었다. 그런 그의 속마음도 모르고 상대는 친절하게 대답했다.

—예, 인원을 모으고 선별 과정에 들어갔습니다. 장관님부터 시작해서 모두 관심이 많으셔서 좋은 결과가 나올 것 같습니다.

"모두 관심이 많으면 좋은 결과가 안 나오겠죠. 관심을 꺼야 잘 나오는데."

—네?

"아무것도 아닙니다. 그보다 제가 국장님을 통해 부탁을 드렸는데, 들으셨는지?"

—아…… 네, 완성되기 전이라면 괜찮을 겁니다.

"잘됐네요. 괜찮은 시간 말씀해 주시면 제가 직접 찾아가겠습니다. 말씀 좀 전해주시죠."

—알겠습니다. 그렇게 하죠.

이중영이 알면 펄펄 뛸 테지만, 관련자들은 별로 신경 쓰지 않았다. 아직 만들어지지도 않은 팀의 책임자와 한국 유일의 마법사를 비교해 본다면 후자가 더 믿음직스러웠다.

—아, 그리고 김수현 팀장님. 따로 연락을 드리려고 했었는데 연락을 주신 김에 말씀을 드려야겠네요.

"……?"

―혹시 시간이 괜찮으시다면 행사에 참석 가능하십니까?

"행사요?"

수현의 얼굴이 구겨졌다. 옆에서 한가롭게 놀고 있던 루이릴은 그걸 보고 기겁했다. 수현이 저렇게 표정을 구기는 일은 드물었던 것이다.

"무슨 행사가 어디에서 하는데 제가 왜 참석해야 합니까?"

속사포처럼 쏟아진 대답에 상대가 당황했다.

―그, 싫으십니까? 별건 아니고요…….

과거에는 신분이 신분인지라 공적인 행사에 참여할 일이 별로 없었지만, 그때에도 참여하는 걸 좋아하진 않았다.

그러나 원래 급이 되는 초능력자들은 행사에 참석하는 경우가 많았다. 정부 주도의 행사는 물론이고 몇몇 명성 있는 초능력자들은 브라운관에 출연해서 주목을 받기도 했다.

카메론의 용병들은 인류 최후의 개척지를 탐험하는 모험가들이었고, 그런 그들의 경험담은 지구의 인류에게 크나큰 흥미를 끌 수밖에 없었다.

물론 수현은 그런 걸 매우 싫어했다.

'돌아다니다가 민간인이 얼굴 알아봐서 좋을 점이 하나도 없는데!'

실용적인 이유를 떠나서 그런 데 시간 낭비할 이유가 없었다. 방송에 나갈 때마다 초능력 하나를 추가로 준다면 모를까. 안 그래도 지금 비약에 시간을 다루는 초능력을 적용시키지 못해 짜증이 나는 상황인데…….

−이번에 일본 측에서 새 차원문을 만들겠다고 발표했습니다.

"?!?!"

수현은 자세를 바로 했다.

"발표를 했다고요?"

발표했으면 그가 못 들었을 리가 없었다. 적어도 언론이 한동안은 그걸로 도배될 정도로 충격적인 발표였다. 물론 가짜로 드러나겠지만…….

−아, 공식적인 발표가 아니라 비공식적인 발표입니다. 일단 게이트 4국한테 먼저 통보를 해야 하니까요. 연구 자체는 완성했고 관련자들을 모아서 테스트를 한 다음 열리면 공식적으로 발표할 생각인가 봅니다.

"아아……."

수현은 고개를 끄덕였다. 그런 식이라면 이상할 게 없었다.

−현재 계획은 오키나와와 기존 게이트의 동쪽을 연결시키는 계획입니다.

"성공할 거라고 보십니까?"

−저희 쪽 연구자들의 말을 들어보면 결과가 나오기 전까

지는 모른다고 하지만, 반반 정도로 갈리더군요. 그 정도 연구 결과라면 충분히 가능성이 있다고……. 만약 성공한다면 이건 정말 대단한 발견이 될 겁니다. 저희 쪽에서도 말이 많아요. 성공만 하면 카메론에서 많이 늦은 일본이라도 한 번에 만회할 수 있을 겁니다.

관계자의 목소리에서는 우려와 기대가 반반쯤 섞여서 느껴졌다. 확실히 지금은 실험적인 단계지만, 성공만 한다면 대대적으로 발표가 되고 카메론이 뒤집힐 일이었다.

인공 차원문이라니.

하지만 수현은 미래를 알고 있었다.

'안 된다니까……'

─일본 쪽 연구진들은 자신감이 대단하더군요. 아마 김수현 팀장님을 초대한 것도 인류 최초의 마법사인 팀장님과 연을 만들어 놓으려는 거 아니겠습니까? 성공만 한다면 앞으로 카메론에서 입지가 대폭 늘어날 테니……

"그리고 제가 참가하기를 바라는 것도 그런 이유에서입니까?"

─네, 솔직히 말하자면 그렇죠. 앞으로 일본이 어떻게 될지 모르니 기왕이면 좋은 관계를 만들어 놓는 게 좋잖습니까. 인공 차원문은 솔직히 그냥 넘길 수 있는 기술이 아닙니다.

"뭐…… 알겠습니다."

─정말이십니까?!

심드렁하던 수현이 수긍하자 상대는 기쁜 목소리로 되물었다.

"제가 가서 별로 할 거 없죠?"

─네, 물론입니다. 가서 관련자들과 인사 정도만 해주시고 얼굴도장만 찍어주시면 됩니다.

'그리고 연구자들이 하는 질문에 가능하면 친절하게 대답해 주시면 됩니다'라는 말은 굳이 하지 않았다. 수현은 그렇게 친절한 사람은 아니었으니까.

"좋아요. 어차피 한동안은 안에 있을 생각이었는데, 가서 어떻게 되나 구경이나 하고 오겠습니다."

─감사합니다! 저희 직원을 보내서 안내해 드리겠습니다.

"구경이라니, 무슨 이야기야?"

옆에서 듣던 루이릴이 궁금하다는 듯이 물었다.

"별거 아니야. 행사하는데 참석해 달라는 거지."

"그런 거 좋아했어?"

"좋아하지는 않지만 공개적으로 신분을 드러낸 이상 아예 참가 안 할 수는 없지. 어차피 앞으로 바쁘면 참가할 수도 없을 테니 참가할 수 있을 때 몇 번 참가해 놓자고. 생색내기 좋으니까."

신랄하게 말하는 수현을 보고 루이릴은 고개를 저었다.

"한국에서 하는 행사? 그러면 거기 높은 사람도 많이 참석하겠네?"

"너 도둑질하라고 데려가는 거 아니다."

"무, 무, 무, 무슨. 아니거든?"

"그리고 훔칠 건 별로 없을 거야. 아마 있어봤자 일본 측 경호 인력하고 연구진, 그리고 정부 쪽 관료들일 텐데…… 아."

그 가짜 장치에 대한 연구 데이터가 갑자기 궁금해졌다. 최지은에게 가져다준다면 그녀가 좋아할 것이다.

"같이 갈래?"

"어? 정말? 그래도 괜찮아?"

"물론이지."

수현이 흔쾌히 허락하자 루이릴은 의심스러운 눈빛을 보냈다. 수현이 저렇게 친절할 때에는 보통 수상쩍은 속셈이 숨어 있었던 것이다.

'최지은은 데리고 가 봤자 좋을 게 없으니까…….'

공식적인 자리에서 그가 그녀와 친하다는 걸 알려서 좋을 게 없었다. 괜히 타깃이나 될 것이다.

"대신 부탁 하나 들어줘."

"역시……!"

"별거 아닌 부탁이야. 그리고 안 할지도 모르고."

"알겠어, 알겠어."

"저게 그……."

"과연 대단하군요. 손에 끼고 있는 건 아티팩트인가?"

"옆의 엘프는 누굽니까?"

"동료라고 하던데요."

수군거리는 소리를 들으며 수현은 루이릴과 함께 걸어가서 자리에 착석했다. 같이 온 한국 측 직원이 그의 시중을 들으며 주변을 소개했다.

"저 사람은 개발성 소속 대신이고, 저 사람은 개발성 소속 대신정무관……."

"어, 제가 저 사람들을 알아야 할 이유가 있습니까?"

"……없죠?"

"그러면 설명하지 않으셔도 됩니다."

카메론이 발견된 이후 관련된 각 국가는 새로운 행정조직을 세웠다. 한국의 행성관리부에 해당하는 조직이 일본의 개발성이었다.

그러나 아무리 높은 곳의 대신이라고 해봤자 수현에게는 부딪힐 일 없는 사람일 뿐이었다.

'인사야 다른 사람이 알아서 할 것이고, 나는…….'

수현의 눈동자가 탐욕스럽게 반짝였다. 기왕 왔으니 챙겨갈 수 있는 건 챙겨가야 하지 않겠는가. 잘못하면 국제 분쟁으로 이어질 수도 있었지만 수현은 아랑곳하지 않았다.

'안 걸리면 그만이지.'

저 멀리 언덕 아래의 평지에서 복잡한 기계장치들이 설치되어 있는 게 보였다. 연구진이 슬슬 장치 작동을 준비하는 모양이었다.

언덕 위의 자리에는 사람들이 하나둘씩 착석하기 시작했다. 복장이나 분위기만 봐도 나름 높은 사람들이라는 건 알 수 있었다.

'저기 경호 팀에……. 일본의 높은 사람이 꽤 왔나 본데. 기대가 크긴 큰가 보군.'

최지은의 반응을 봤을 때 인공 차원문 연구를 맡은 연구진은 일본 내에서도 꽤 기대를 많이 받고 있는 팀이 분명했다.

수현은 자세한 건 알 수 없었지만 자리에 모인 경호원들의 실력만 봐도 모인 이들이 어떤 이들인지 알 수 있었다.

"지금 작동시키는 겁니까? 아직 아무런 말도 안 했는데?"

"아마 연설을 하기 전에 사전 준비를 끝내놓는 거겠죠. 그래야 연설이 끝남과 동시에 가동시킬 수 있지 않겠습니까?"

"그래요?"

수현은 멍하니 장치가 작동되는 걸 쳐다보았다. 푸른색 빛이 점멸하며 점점 크기를 키워 나갔다.

'어? 실패면 저런 것도 아예 안 나와야 하는 거 아닌가?'

수현이 알기로는 이 프로젝트는 완전히 사기였다. 결과가 나오지 않자 연구자들이 결과를 조작했고, 거기에 속아 넘어간 일본 정부가 일을 키웠다가 망신을 당한 사건.

그런데 저런 식의 불빛이라니.

'조작하려고 저런 것도 했나?'

불빛이 점점 커지다가 사라졌다. 그 변화에서 파장이 일어났다. 수현은 무언가 정체불명의 불쾌감이 몸을 스치고 지나가는 것을 느꼈다. 옆을 돌아보자 루이릴도 이상한 걸 느꼈는지 귀를 위로 올렸다.

파직!

빛이 커지더니 장치가 터져 나갔다. 연구진이 비명을 지르며 물러섰다.

"뭐야? 어떻게 된 거야?"

수현은 본능적으로 하늘을 올려다보았다. 무언가 꿈틀거리는 것이 날아오고 있었다. 원견으로 시야를 맞추자 정체를 확인할 수 있었다.

몬스터였다.

"드래곤이다!!!"

"아니야, 이 멍청한 새끼야!"

옆에서 시력이 비교적 좋은 누군가가 하늘을 보고 비명을 질렀다. 시력이 좋은 만큼 머리가 좋지는 않은 모양이었다. 지금 사람들을 진정시키고 대피해도 모자랄 상황에서 잘못된 정보를 퍼뜨리다니.

'이놈의 드래곤 공포증은 진짜······!'

이해가 안 가는 건 아니었다. 드래곤 슬레이어 프로젝트 이후 드래곤은 카메론의 사람들이 가장 두려워하는 건 존재가 되었다. 하늘에서 날아다니는 날개 달린 몬스터를 봤을 때 드래곤을 떠올리는 건 어찌 보면 당연했다. 하지만 놈은 드래곤이 아니었다.

'와이번!'

수현은 낮게 욕설을 내뱉으며 상황을 파악하려고 애썼다. 몬스터가 나타났다는 비명과 동시에 당황한 관료들이 움직이려고 했다.

"각하를 보호해! 각하를 보호해!"

"각하, 이쪽으로 오십시오!"

"대, 대체 이게······."

"몬스터가 왜 여기로 오는 거야?!"

순식간에 터져 나오는 비명. 그나마 침착하게 움직이는 건 경호 팀이었다. 제대로 훈련받은 이들이었는지 메뉴얼대로 움직였다. 그러나 그들의 눈동자에도 당황스러움은 숨길 수 없이 드러나 있었다.

몬스터가 인간의 영역으로 직접 들어오다니.

카메론의 도시에서 사람들이 안심하고 살아갈 수 있는 이유가 있었다. 대부분의 몬스터는 영역 안에서 움직였고 혹시 길을 잃고 도시 안으로 들어오려고 해도 그 전에 촘촘하게 만들어진 대몬스터 방어망에 걸려서 격퇴당하게 마련이었다.

그러나 언제나 예외가 있었다. 그건 바로 공중이었다.

"이, 이게 대체 어, 어떻게⋯⋯."

"제 옆에서 떠나지 마십시오. 루이릴, 위험하다 싶으면 먼저 순간이동으로 도망쳐. 괜히 버티지 마라. 보호할 사람들이 많아서 너까지 보호하기는 힘들 수도 있어."

"알고 있어!"

"이렇게 멀리서 날아다니면 곤란⋯⋯."

수현의 염동력도 약점은 있었다. 그건 바로 사정거리였다. 멀리 있는 놈에게는 제대로 된 대미지를 줄 수 없었다. 그래서 수현은 다른 원거리 무기로 그 약점을 보완하려고 했었지만 완벽하지는 않았다.

"했었지, 예전에는."

굵은 에너지 줄기가 허공으로 무섭게 치솟아 올랐다.

회피 기동을 하려던 와이번의 날개를 정확히 관통했다. 옆에서 관료를 대피시키던 초능력자가 그걸 보고 화들짝 놀랐다.

'에너지 샷?!'

에너지 샷을 아무리 강하게 사용한다고 해도 저렇게 사정거리가 좋고 위력이 높을 수는 없었다. 그러나 분명 저 초능력은 에너지 샷이었다. 그가 못 알아볼 리 없었다.

"뭐 하나? 실드부터 쳐!"

"아, 예!"

수현이 짜증스럽게 외치자 구경하던 그는 당황한 목소리로 고개를 끄덕였다. 따지고 보면 그가 수현의 명령을 받을 이유는 없었다. 그에게 명령을 내릴 수 있는 건 뒤의 일본인 관료였다. 그리고 그 관료는 수현과는 다른 의견을 갖고 있었다.

"실드라니! 무슨 소리를 하는 거야! 지금 당장 나를 데리고 빠져나가! 멈추지 마!"

"정신없어 죽겠는데 별 같잖은 게 귀찮게 하는군. 루이릴!"

"어?!"

"재워!"

"잠, 잠깐……."

초능력자가 말리려고 한 순간, 루이릴은 순간이동으로 관료의 뒤를 점했다. 일격에 관료가 기절해 버리자 그는 어찌할 줄을 몰랐다.

원래라면 감히 그가 지키는 사람을 공격한 사람을 응징했겠지만, 그녀는 마법사의 동료였다.

"두 번 말해야 하나? 실드 쳐, 이 새끼야!"

"예, 예!"

"실드부터 쳐! 도망칠 생각하지 마라! 도망치면…….''

수현이 굳이 말할 필요가 없었다. 허둥지둥 언덕 밑으로 달려가서 차량을 잡아탄 관료 한 명이 급하게 차를 발진시킨 것이다. 허공에서 맴돌던 와이번이 동공을 좁히며 아가리에서 침을 내뱉었다.

퍽!

요란한 소리와 함께 차가 회전했다. 그러고는 그대로 나무를 들이받았다. 차의 윗부분은 강한 산이라도 맞은 것처럼 거의 녹아 있었다.

으지직!

먹이를 무력화시키면 그다음은 식사였다. 와이번은 독수리처럼 내려와 먹이를 발톱으로 움켜쥐고 날아오르려 했다.

"……저렇게 된다."

하늘로 솟구치려던 와이번의 두개골이 그대로 으깨졌다.

수현은 차가운 눈빛으로 낙하하는 와이번을 내려다보았다. 손끝에서는 초능력의 흔적이 피어올랐다.

"두 번 말하지 않는다. 지금부터 내 말을 들어라! 와이번은 떨어져 있는 놈부터 노린다. 모두 붙어! 저놈이 산성액을 내뱉는다지만 실드를 바로 뚫지는 못할 거다."

수현에게 두 마리가 즉사하자 와이번도 경계하는 기색을 보였다. 놈들은 허공을 빙글빙글 맴돌며 약점을 찾으려 했다. 아까처럼 나오는 사람이 없는지, 그들은 포악스러운 눈빛으로 노려보았다.

"감이 좋군. 더 올라가나?"

수현은 루이릴을 쳐다보았다. 긴장한 기색으로 하늘을 쳐다보고 있던 루이릴은 수현의 시선을 오해하고 되물었다.

"나, 나한테 올라가서 잡으라고 시킬 생각은 아니지?!"

"……그런 미친 방법은 생각도 안 해봤다."

수현은 어이없다는 듯이 말했다.

카메론이 개척되는 와중에도 아직까지 개척이 시작도 되지 않은 곳이 있었다. 하늘과 바다였다. 두 곳 모두 몬스터를 상대하기에 너무 불리한 곳이었다. 괜히 사람들이 육로를 이용하는 게 아니었다.

인류는 굳이 하늘을 침범하지 않았고, 마찬가지로 하늘의 몬스터들도 지상의 인류를 공격하지 않았다. 이제까지는. 그런데 놈들이 갑자기 이렇게 내려와서 공격을 해대니 사람들로서는 충격에 빠질 수밖에 없었다.

"지금이 기회야. 저 연구자 도와주는 척하면서 데이터 빼 와."

"……."

"뭐? 왜? 일이 끝나도 이유는 알아야 할 거 아냐!"

"악마보다 더하다니까!"

위에서 와이번이 덤벼들려고 하는데 저런 걸 생각하고 있을 줄은 몰랐다. 루이릴은 투덜거리면서 발걸음을 옮겼다.

"자, 하나만 더……. 오케이!"

불운한 와이번 하나가 거리를 착각하고 들어왔다가 그대로 목을 꿰뚫렸다.

자리에 모인 사람들은 수현의 옆이 안전하다는 걸 깨달았다. 경호 팀부터 시작해서 관료들이 수현의 옆으로 몰려왔다.

회피 기동을 하는데도 동료가 죽자 와이번들은 더 이상 달려들지 못했다. 놈들은 점점 더 위로 떠오르기 시작했다.

"이보게, 수현 군. 몬스터와 싸우는 건 좋은데 일단 여기 있는 인원부터 대피를 시켜야 하지 않겠나!"

"수현 군? 나와 아는 사이였나? 이렇게 친근하게 불려본 건 처음인데? 혹시 일본 쪽 장관이 아니라 한국 쪽 장관이었나? 왜 친한 척이지?"

"아, 김수현 씨. 그러니까······."

"기다려. 와이번 상대로는 섣불리 움직이는 것보다는 기다리는 게 나아."

수현은 그렇게 말하면서 생각에 잠겨 있었다. 지금 일어나고 있는 기현상은 가볍게 넘길 수가 없었다.

아까의 파장, 그리고 그 불쾌함. 낯설지가 않았다.

'그래, 중국군이 사용하던 몬스터 유도 장치······!'

이번 건 그때 느낌과는 차원이 다를 정도로 강력했다. 아마 차원문을 만들려고 했다면 출력 자체도 엄청나게 강력했을 테니······.

고민하던 수현은 무언가가 머리를 스치고 지나가는 것을 느꼈다.

'아니, 잠깐만.'

와이번은 낮은 고도에서 노는 놈이 아니었다. 그런데도 놈이 이 파장에 이끌려서 여기로 찾아왔다면?

범위가 상상을 초월할 정도로 넓은 게 분명했다.

'지상은 비교적 괜찮아. 기지 중심으로 배치되어 있는 병력이 있고, 달려오는 동안 대부분 이성을 차릴 거다. 그러면 도시에 오기 전에 박살 나겠지.'

문제는 공중이었다. 공중에 대한 대비는 미흡한 수준이었고, 이 장치 중심으로 날아오는 몬스터가 다른 도시를 지나

친다면?

대참사가 일어날 것이다.

"지금 당장 연락부터 합시다. 도시에 대피령을 내리라고 전하세요!"

"네?"

"여기뿐만 아니라 도시도 몬스터가 공격할 수 있다고요!"

"설, 설마 그럴 일이······."

"지금 내 말이 농담으로 들리나?"

존대해 주던 수현의 목소리가 갑자기 내려갔다. 갑작스러운 상황에서 가장 방해되는 건 도움 안 되는 아군이었다.

"하지만 멋대로 도시에 대피령을 내렸다가 아니라면······."

"아니라면 좋은 거지!"

"그 책임은 누가 집니까?"

"이런 개새끼가······. 너 이름 뭐야? 지금 상황에서 네 자리 걱정하나?"

"그, 그게 아니라······."

"내가 책임진다. 대피 명령부터 내려!"

카메론의 도시에는 만들어졌을 때부터 준비된 대피소가 있었다. 아직 인류가 몬스터에 대해 확신하지 못했을 때, 만약의 상황이 일어났을 경우 숨기 위해 만든 곳이었다. 이런 상황에서 쓰이리라고는 아무도 예상하지 못했을 것이다.

어쨌든 관료는 수현의 말에 바로 연락을 했다. 책임을 수현이 지겠다는데 그가 뭐라고 말리겠는가.

얼마 지나지 않아 다른 와이번 무리가 다시 몰려왔고, 수현은 그들을 족족 쏘아서 떨어뜨렸다.

다른 초능력자에게서는 볼 수 없는 강력한 모습이었지만 그런 것에 감탄하는 건 초능력자 호위 팀밖에 없었다. 나머지 인원들은 벌벌 떨면서 언제 여기서 벗어날 수 있는지 두려워했다.

'다행히 와이번만 오나. 나머지는 와이번한테 밀려서 못 오는 게 분명해.'

몇 시간이 지나고 나서야 수현은 한숨을 돌릴 수 있었다. 뒤를 돌아보니 초로의 남성들이 애처로운 표정으로 수현을 쳐다보고 있었다.

"제발 대피소로……."

"이제 움직여도 되지 않나?"

"좋아, 움직이자고. 알겠으니까 그만 징징거려."

평양은 혼란에 빠져 있었다. 원래라면 평소대로의 일상을 보냈을 사람들이 다급한 표정으로 지하로 달려갔다.

다행히 정부는 수현의 말을 무시하지 않았다. 정해진 매뉴얼대로 다른 국가에도 연락함과 동시에 바로 대피 명령을 내렸다.

그러나 대피 명령에도 대피하지 않는 이들이 있었다. 용병들이었다.

"이게 뭔 개떡 같은 소리야? 평양으로 몬스터가 공격해 들어온다니?"

"미치지 않고서야 대피 명령을 함부로 내렸겠냐! 움직여!"

용병 회사들에게는 가능한 몬스터와 맞서 싸워달라는 공문이 내려왔다. 그걸 들은 조승현은 어이없다는 듯이 중얼거렸다.

"강제로 시켜도 모자랄 판에, 이러면 누가 하겠어?"

물론 그는 할 생각이었다. 위기는 곧 기회. 안 그래도 수현으로 인해 정부와 밀접한 관계를 맺고 있는 엉클 조 컴퍼니였다. 이런 위기는 생색을 내기 좋은 때였다.

'이럴 때 한 발짝 앞에 나서줘야지.'

"아티팩트 사용 가능한 건 전부 갖고 나오세요. 현재 확인된 건 와이번이지만 언제 다른 몬스터가 나올지 모르니 긴장을 풀지 마세요."

이소희는 수현이 없음에도 침착하게 대응했다.

"파워 아머는 위쪽으로. 접근할 시 대공포로 사용하겠습니다."

"팀장님은 괜찮은 거 맞냐? 밖에 따로 계실 텐데."

"그 양반이 어디 가서 죽을 사람이냐. 우리 걱정이나 하자고. 날아다니는 놈은 어떻게 잡지?"

"팀장님한테 물어…… 아, 없지."

"매번 의존하면서 살 생각이냐? 머리를 굴려, 머리를!"

부지의 시설 위로 올라가면서 대원들은 분주하게 대화를 나누었다.

"우선 나타나면 강인규 씨가 먼저 저주를 거는 게 좋겠죠. 와이번은 그 기동력이 특히 까다로운 놈이니까."

"오, 상대해 본 적 있습니까?"

"아니요. 소문으로만……. 아주 높은 곳에서 재수 없게 만난 사냥꾼이 있다고 하더군요. 얼마나 통할지는 모르겠지만 무기에는 모두 독을 발라놓겠습니다."

서강석은 그가 알고 있는 것들을 하나하나 말해가며 대원들에게 설명했다. 노련한 그의 모습은 대원들에게 안심을 주었다.

"와이번은 멀리서 산성 침을 뱉을 수 있습니다. 멀리 있는 놈을 초능력으로 맞추기는 힘들 테니 아티팩트는 다 방어용으로 갖고 갑시다."

"좋아, 움직이자고!"

순식간에 대공 요새가 완성되었다. 아직 오지 않은 몬스터를 기다리며 대원들은 어떻게 된 일인지 추측을 하기 시작했다.

"누가 몬스터를 잘못 건드린 거 아닐까?"

"잘못 건드렸다고 이 도시에 대피령을 내릴 정도로 몬스터가 와?"

"하나만 와도 대피령은 내릴 수 있지……."

"그보다 무슨 몬스터를 잘못 건드려야 몬스터들이 몰려오는데?"

"어…… 여왕개미 같은 암컷 와이번?"

"……넌 그냥 말하지 마라. 그보다 평양의 다른 곳은 제대로 준비되어 있는 거 맞아? 몬스터 상대로는 준비가 되어 있는 건 알겠는데 대공으로도 가능한지는 모르겠네."

"걱정 마라. 지금 가능한 전력을 전부 움직이고 있단다."

"그래요?"

조승현이 구석에서 쪼그려 앉으며 말했다.

"기습당했을 때나 위험한 거지. 여기 도시에 초능력자가 몇 명인데. 대비하고 있으면 아무리 몬스터라고 해도 그렇게 위협적이지 않아."

"그러면 여기로 오시죠?"

"싫다, 이놈아. 방어막 절대로 풀지 마!"

"겁은 되게 많으시네."

"너희들이 용병이지 내가 용병이냐?"

"와이번이다!"

강인규는 멀리서 날개를 펄럭이며 비행하는 와이번을 보고 시선을 집중했다. 무언가 간질간질한 게 올라오는 기분과 함께 저주가 적중했다.

"그러고 보니 너 저주 완전하게 통제 가능했나?"

"아뇨, 반반 정도인데요."

"그러면 무슨 저주를 건 거야?"

"어, 혼란 저주를 걸었는데……."

"……?"

와이번이 허공에서 한 번 공중제비를 치더니 미친 듯이 내려오기 시작했다.

"광폭화가 걸렸네요."

"……야."

그러나 상관없었다. 여기 있는 이들은 예전의 이들이 아니었다. 와이번은 거리를 두고 피하면서 지속적으로 덤벼오기에 위협적인 거지, 회피 기동을 포기하고 돌격한다면 무섭지 않았다.

"어쨌든 결과는 똑같구만!"

외침과 함께 대원들은 원거리 공격이 되는 아티팩트를 들어 달려드는 와이번에게 쏟아부었다.

눈이 돌아가 회피도 하지 않고 달려들었던 와이번은 순식간에 벌집이 되어 추락했다.

쾅!

"야, 저거 우리 쪽 창고 아니냐?"

"아이고……."

"저 새끼는 죽을 거면 좀 평지에 가서 죽지, 왜 건물 위로 떨어지는 거야!?"

"상황은 어때?"

"아, 샤이나 씨."

샤이나가 급하게 올라오자 대원들은 고개를 까딱거리며 대답했다. 그녀는 당황한 듯 땀에 젖어 있었다.

"와이번이 날뛰고 있는데 그렇게 큰 위험은 아닌 것 같고, 그보다 왜 그렇게 지쳐 있으십니까?"

"키우던 호랑이가 갑자기 날뛰어서……. 진정시키느라 고생 좀 했어."

"몬스터들이 단체로 약이라도 한 건가?"

누군가의 중얼거림이 묘하게 크게 들렸다.

그러는 동안에도 평양의 상공에서는 와이번들이 하나둘씩 나타나고 있었다. 평소라면 인파로 흘러넘쳤을 대로에는 인기척 하나 없었고, 덕분에 와이번들은 아래로 내려왔다가 다시 올라가기만을 반복했다.

퍼퍼퍼퍼퍽!

"저거 이정우 아니냐?"

망원경으로 주변을 확인하던 대원이 물었다. 고층 빌딩의 위에서 거대한 얼음의 구가 생기더니 그대로 쪼개지면서 미친 듯이 탄환으로 변해 와이번을 요격한 것이다.

"드래곤 슬레이어 프로젝트로 그렇게 죽어 나갔는데도 없지는 않구만. 솔직히 우리만 싸우는 거 아닌가 걱정했는데."

"정부가 그렇게 무능하지는 않지."

푸른색 번개가 거꾸로 치솟았다. 회피 기동을 하던 와이번은 그 일격에 그대로 추락했다. 4층 건물이 와이번의 사체로 인해 요란한 소리를 내며 박살 났다.

"야, 야, 저거……."

와이번이 나타나기 전에 곳곳에서 몬스터를 상대하기 위한 준비가 진행된 상태였다.

아무리 갑작스럽다고 해도 평양에 초능력자들이 없지는 않았다. 효율적으로 배치된 그들은 대기하고 있다가 와이번들을 쏘아 떨어뜨렸다.

준비되지 않은 상태에서 기습당했다면 기록적인 인명 피해가 났을 테지만, 잠깐의 차이가 많은 변화를 만들어냈다.

건물에 대한 재산 피해 말고는 몬스터들이 평양에 입힌 피해는 전무했다. 수현이 멱살을 잡고 시민들을 대피시키라고 말한 덕분이었다.

"게이트! 게이트로 달려! 빨리!"

탕!

"입 닥쳐. 앞으로 입 열 때는 나한테 허락받고 열어라."

"이, 이, 이게 무슨……."

수현은 경호 차량의 지붕 부분을 초능력으로 날려 버렸다. 단단하게 만들어져서 소총탄 정도는 막을 수 있다지만, 지금 몬스터를 상대하는 입장에서는 의미가 없었다. 시야만 방해가 됐다.

"평양으로 돌아간다. 최대한 빨리. 뒤에 차량도 선두 차량을 따라오도록. 다른 곳으로 새도 말리지는 않겠어. 다만 아까 멋대로 도망치다가 와이번한테 물린 놈을 떠올려 줬으면 좋겠군. 내가 타고 있는 차에 가까이 붙는 게 안전할까, 아니면 멋대로 게이트로 도망치는 게 안전할까?"

"……."

그 이후로 멋대로 행동하는 사람은 나오지 않았다. 상황이 좀 진정된 것 같자 수현은 옆에 태운 연구자의 멱살을 잡고 물었다.

"자, 뭘 했는지 말해봐."

"예?"

"도대체 뭘 어떻게 했는데 몬스터들이 미쳐서 날뛰는 건데? 저 결과. 애초에 정부에서 압박해서 조작한 결과 아니었나?"

"그, 그걸 어떻게!?"

"다 아는 방법이…… 이런."

또 하나의 와이번이 빠르고 매섭게 낙하하고 있었다. 차를 그대로 발톱으로 움켜쥔 채 날아오르려는 것 같았다.

퍽!

끼이이이이익!

와이번 사체가 길에 떨어지자 뒤에서 달려오던 차량이 급하게 방향을 틀었다. 통신으로 그 안의 비명까지 들려왔다.

"그래서 어떻게 된 거지? 지금 무슨 상황인지 알고 있나? 여기뿐만 아니라 다른 도시에도 몬스터가 치고 들어오고 있을지도 모른다고. 짐작 가는 게 있으면 빨리 말해!"

그리고 연구자의 입에서 나온 말은 수현을 놀라게 했다. 정확히 말하자면 완전한 조작은 아니었다.

중국 측에서 만든 초능력 상쇄 장치나 몬스터 유도 장치의 원리가 그들에게 힌트를 주었다.

기존 지구에는 존재하지 않던 초능력 특유의 파장을 인공적으로 생성하는 장치. 이 원리를 게이트에도 적용할 수 있지 않을까?

그러나 게이트의 성질에 맞춘 파장을 발생시켜서 인공 게이트를 만드는 계획은 난항을 겪었다. 어지간한 출력으로는 파장 자체가 형성되지 않았던 것이다.

위에서는 끊임없이 실적을 요구했고, 연구자들은 아직 체계적인 실험도 하지 않은 상태에서 섣부른 결론을 내렸다.

원리는 완성됐으니 출력만 높이면 가능할 거라고.

그리고 출력을 대폭 높여서 만든 결과가 바로 지금이었다.

생기라는 게이트는 생기지 않고 몬스터만 몰려오고 있었다.

수현은 머리를 짚었다. 하고 싶은 말이 너무 많았지만 지금은 그럴 때가 아니었다. 이들이 무슨 짓을 한 건지는 대충 알 수 있었다.

'차원문이 아니라, 역대급 몬스터 유도 장치를 일회용으로 작동시킨 거겠지.'

거기까지는 좋았다. 그러나 예전에는 이런 일이 없었다는 게 수현의 마음을 복잡하게 만들었다.

초능력 상쇄 장치, 몬스터 유도 장치. 둘 다 원래 퍼져 나갈 시기보다 일찍 퍼져 나갔다. 물론 수현과의 충돌 때문이었다.

그가 한 일 때문에 원래라면 소소한 사기극으로 끝났을 일이 이렇게 된 게 아닌가 싶었던 것이다.

'에이, 지금 그런 걸 신경 쓸 때가 아니지…….'

수현은 루이릴에게 시선을 보냈다. 루이릴은 의미심장한 표정으로 고개를 끄덕였다.

'빼돌리는 데 성공했군.'

저 멀리 지평선에서 익숙한 도시의 외양이 보였다. 평양이었다. 수현은 부디 피해가 적기를 빌었다.

'이 새끼는 급한 상황에서 제 자리나 찾고 있고…….'

수현이 노려보자 직원은 고개를 푹 숙였다. 단순히 인도주의적인 마음에서 피해가 적기를 비는 게 아니었다. 도시가 몬스터의 공격으로 피해를 받는다는 건 단순히 그 사건으로 끝나는 게 아니었다. 수현은 카메론에 사는 사람들의 근본적인 두려움이 얼마나 큰지 잘 알고 있었다. 이런 식의 사건이 한번 터지면 그 두려움은 치솟을 수밖에 없었다. 그리고 두려움이 치솟는다면, 그걸 이용하려는 사람이 나왔다. 용병들은 현재 많은 자유를 누리고 있었다. 그러나 여론이 바뀌면 그것도 다 옛일이 될 것이다. 그들도 결국 사회의 일원이었으니까.

'현재 체계가 흔들려서 나한테 좋을 게 하나도 없단 말이

지…….'

소란은 며칠이 지나고 나서야 완전히 진정되었다. 사람들은 밖으로 나와도 된다는 말을 듣고서도 한동안은 안에서 머물렀다.

사람들의 공포와는 별개로 피해는 기록적인 수준으로 경미했다. 인명 피해는 하나도 없었고, 사람 없는 건물이 반파되거나 길거리에 주차된 차량이 와이번 사체에 파손된 게 전부였다.

"감사합니다. 팀장님이 아니었으면 피해가 정말 커졌을 겁니다."

"별말씀을. 해야 할 일을 했던 거고……. 그보다 다른 도시는 어떻습니까?"

"저희는 바로 요청을 보내긴 했습니다만, 역시 평양만큼 무사한 도시는 없군요. 다들 반신반의하면서 움직였던 것 같습니다."

몇백 년 동안 지진이 없던 도시에 지진이 일어난다고 하면 누구나 반신반의할 것이다. 몬스터의 공격도 마찬가지였다. 평양에 있던 관계자들이 수현의 이름에 겁을 먹고 일단 움직인 덕분에 좋은 결과가 나온 셈이었다.

　-카메론의 도시들을 습격한 몬스터들의 공격이 사람들에게 큰 충격을 주고 있습니다. 현재 관계자들이 나와 수습에 나서고 있지만, 쉽게 회복될 것 같지는 않습니다.

　-와이번이라 불리는, 비행 가능한 몬스터가 도시까지 들어왔지만 다행히 다른 지상형 몬스터들은 기지의 병력에 막혔습니다.

　-평양은 다른 도시와 비교될 정도로 인명 피해가 나지 않았는데, 이것은 발 빠른 조기 대처 덕분이었습니다. 인공 차원문 실험 현장에 있던 한국 측 마법사 김수현 씨가 이변을 눈치채자마자 바로 대피 명령을 내렸고, 덕분에 평양 시민들은 무사할 수 있었습니다. 현재 일본 정부는 차원문과 관련된 견해 표명을 준비하고 있으며……

"와, 팀장님 매스컴 제대로 탔네."

"우리 얼굴은 안 나오냐?"

"와이번 잡은 시민들 같은 걸로 나올 법한데."

대원들은 휴게실에 드러누워서 홀로그램 TV를 보고 있었다. 워낙 충격적인 일이었으니 카메론의 뉴스에서는 전부 이 사건을 다루고 있었다. 수현이 나와서 간단하게 인터뷰를 하고 들어가는 걸 본 대원들은 휘파람과 박수로 환호했다.

"시끄러."

"팀장님?! 어? 어떻게 여기에?"

"저건 미리 녹화한 거고. 그보다 지금 그렇게 좋아할 때가 아니다."

"네? 좋은 거 아닙니까? 저것만 보면 완전 영웅이신데."

"맞아요. 다른 곳 반응만 봐도 팀장님 찬양하는 반응이 전부라고요."

"역시 상황 파악을 못 하고 있군."

문을 열고 들어온 수현은 한숨을 쉬며 자리에 앉았다.

"지금 상황이 그렇게 좋은 상황이 아니야. 나야 당연히 띄워줄 만하니 저렇게 띄워주겠지. 그렇지만 그런다고 해서 달라지는 건 없어."

관련자들이나 최초의 마법사에 환호를 했지, 일반인들은 최초의 마법사라는 사실에 그저 물음표를 얼굴에 띄웠을 뿐이었다. 그나마 이번의 활약으로 '아, 마법사가 이렇게 대단한 거구나!'로 인식이 바뀌었지만.

수현의 태도에 대원들도 자세를 바로잡았다.

"뭔 문제라도 있습니까?"

"이번에 시민들이 제대로 겁을 먹었잖아. 일이 좀 꼬일 거다. 그동안 정부는 용병이나 탐험가한테 많은 대우를 해줬었지."

그건 서로의 이익을 위한 관계였다. 용병이나 탐험가들은 목숨을 걸고 미개척지로 들어가야 하는데 그런 이들에게 보상이 없다면 아무도 들어가지 않았다. 그래서 정부는 온갖 자유와 보상으로 그들의 개척을 권장했다. 결과적으로 발견되는 것들은 국가의 이익으로 돌아오게 되어 있었으니까. 용병 회사들이 자유롭게 활동하면서, 개발계획국의 요청을 거절할 수 있었던 것도 그런 맥락에서 가능한 것이었다.

"겁을 먹은 것과 우리가 무슨 상관인데요?"

"정부가 용병들한테 목줄을 채우려 들 수도 있다고."

"예?! 그게 무슨 소리예요?!"

"말도 안 되는……!"

"말이 안 된다고 생각하나? 국회의원 몇 명만 '우리 도시가 너무 위험에 노출되어 있었습니다' 하고 운을 띄우면 그대로 사람들은 동의하게 되어 있어. 다른 건 몰라도 도시 안전 관련으로 동원할 수 있게 하자고 하면 시민들이 찬성할 것 같나 반대할 것 같나?"

"그런…… 우리는 나와서 싸웠는데……."

"나도 앞으로 몬스터가 도시를 습격할 일이 있을 거라고는 생각되지 않아. 이번 일은 정말 불운의 불운이 겹쳤던 일이고. 그렇지만 사람들의 기억은 쉽게 사라지지 않는다. 모두 긴장하고 있어. 언제 어떻게 상황이 달라질지 모르니까."

"팀장님, 대형 용병 회사들이 가만히 있지는 않을 것 같습니다만."

"물론 그렇겠지. 당연히 로비를 할 거다. 정부도 바보가 아닌 이상 과하게 밀어붙이지는 않을 거고. 그렇지만 몇 개는 내줘야 할지도 몰라. 그러니 웃고 떠들면서 즐거워하지 말라고. 알겠냐?"

"예!"

수현이 한 말은 반쯤은 거짓이었다. 물론 저런 식으로 규제가 생길 가능성은 충분했다. 그러나 그건 수현에게는 통하지 않는 이야기였다.

이번 사태에서 수현은 거의 모든 피해를 막아낸 사람이었고, 엉클 조 컴퍼니는 자력으로 나와서 도시 방어에 참가했다. 기존의 입지도 있고, 이런 일까지 했는데 정부가 그들에게 무언가를 요구하지는 못했다. 규제가 생기더라도 그들은 예외로 빗겨 나갈 것이다.

'이러려고 마법사인 걸 공개했는데 당연히 대우를 받아야지.'

규제가 생긴다면 피해를 볼 건 정부와의 연줄이 그리 견고하지 않은 용병 회사들 정도다. 수현은 그런 위치가 아니었다. 그는 이미 거물이었다.

'그나저나 이중영은 신나서 날뛰겠군.'

정부 주도하의 부대 신설은 이번 사건으로 가속을 받을 것이다. 수현은 혀를 찼다.

'인재나 빨리 빼 와야겠어. 괜히 그놈 밑에서 굴려져서 죽기라도 하면…….'

그러나 수현의 바람은 생각대로 이루어지지 않았다. 아직 사태가 완전히 마무리되지 않았던 것이다.

"실종이요?"

"네, 지금 한 군데에서만 일어난 게 아니라서……. 기지 대부분은 원래 몬스터 공격을 대비하고 있어서 잘 막아냈지만 그중에서 몇 군데는 연락 두절입니다."

몬스터의 공격을 받아서 연락이 끊겼다면 살아 있을 가능성은 적었다. 그러나 수현은 굳이 그런 말을 꺼내지 않았다. 그가 말을 하지 않더라도 어차피 관계자도 알고 있을 것이다.

"가능한 전력을 동원하고 몇몇 회사한테도 부탁하고 있지만 역시 저희가 가장 믿을 수 있는 건……."

"제 팀이라는 거겠죠. 압니다. 언제나 사고 치는 놈하고 치우는 놈은 다른 법이니. 그나저나 일본 측은 어떻게 대처한답니까?"

"정부 입장으로 사과문은 각국에 전달이 되었습니다. 우리는 그나마 피해가 적어서 그렇지, 다른 나라는 분노가 장난이 아니니까요. 그냥 넘어갈 수는 없을 겁니다. 대대적으로 돈을 풀어서 보상에 들어가겠죠."

"거의 테러나 다름없는 짓이었으니, 어쩔 수 없는 건 어쩔 수 없는 거고. 그보다 그걸 악용하는 놈이나 안 나왔으면 좋겠군요. 탐내는 놈이 한둘이 아닐 텐데."

이건 어떻게 보면 몬스터 유도 장치보다 더 파급력이 큰 테러 무기였다.

"그 정도 출력을 만들려면 어지간해서는 무리일 테니 걱정하지 않으셔도 됩니다. 일본 측에서도 그 출력을 만들기 위해 꽤나 고생을 한 모양인데 개인이나 단체라면 무리죠."

"글쎄요."

수현은 어깨를 으쓱거렸다. 카메론에서 오랜 기간을 살며 느낀 건 하나였다.

절대적인 건 없다는 것. 핵무기도 일개 단체가 만들 수는 없다고 했지만 과거에 예외가 나왔듯이 이것도 마찬가지였다.

"그나저나 일본이라, 일본은 지구에서는 부유해도 카메론에서는 가진 게 별로 없어서……. 차라리 중국이나 러시아, 미국이 하는 게 나았을지도 몰랐겠네요. 권리 중에서 건질 게 있습니까?"

"없습니다. 그래도 일본이니까 망정이지, 중국이나 러시아 측이 했다면 제대로 된 보상도 받기 힘들었을걸요? 그나마도 오래 걸렸을 겁니다."

"그것도 그렇군요. 그러면 본론으로 돌아와서, 제가 구출하기를 바라는 실종된 팀이 누굽니까?"

"사실 그게……."

"……?"

"캘커타 정글지대입니다."

"아, 거기."

수현과 엉클 조 컴퍼니가 처음으로 일을 시작한 곳이었다. 솔직히 말해서 에우터프처럼 넓고 쾌적한 곳과 달리 습하고 몬스터가 숨을 곳이 많아 다시 가고 싶은 곳은 아니었다. 에우터프가 개발되는 동안 버려진 건 다 이유가 있었다.

"네, 거기서 발견된 레드우드 숲을 김수현 팀장님께서 정부에 공여해 주셨죠."

"정확히 말하자면 공여는 아니지만, 뭐 그렇다고 해도 상관은 없습니다. 설마 실종된 게 레드우드 주변입니까?"

"예."

"거기 주변에 몬스터라고 해봤자 이제 별다른 놈이 없을 텐데요? 지옥악어는 돌아다녀 봤자 무섭지 않고, 트롤 정도야 거기 주둔 병력으로도 어떻게든 처리 가능할 테고……."

말하던 도중 캘커타 고릴라가 떠올랐다. 수현이 놈을 처리했었지만, 인공 차원문 실패의 여파가 생각보다 멀리 적용된 걸 고려한다면 다른 곳에 있던 놈들이 움직였다고 해도 이상할 게 없었다.

'놈인가?'

캘커타 고릴라라면 대응을 잘못해서 기습을 당했을 경우 초능력자들이라도 밀려 나갈 가능성이 충분했다. 워낙 육체적인 면으로는 타고난 놈이었으니까.

'그런데 연락 두절은 왜?'

잘 이해가 가지 않았다. 기지를 만들면서 연락이 가능한 수단을 만드는 건 꽤나 정교하고 치밀한 과정을 필요로 했다. 그런 연락이 두절되려면 두 가지 중 하나였다.

연락할 사람이 사라지거나, 연락 시설이 완전히 파괴되거나.

캘커타 고릴라는 난폭하고 강력한 놈이었지만 교활하고 끈질긴 사냥꾼은 아니었다. 수현이 상대했던 놈이 이상한 놈이었지, 원래라면 그냥 자연재해처럼 한 번 휩쓸고 사라질 놈이었다.

기지에는 만약을 대비해 지하 대피 시설도 있었을 테니 생존자가 한 명도 없을 수는 없었다.

연락 시설도 마찬가지였다. 하나도 빼놓지 않고 다 부숴야 하는데 캘커타 고릴라가 뭐가 뭔지 알아볼 리 없었다.

'정말 돌아버려서 다 부숴 버렸는데 우연의 일치로 그렇게 된 건가……?'

"잠깐. 그러고 보니 거기 담당은 진돗개 아니었습니까?"

"맞습니다. 진돗개도 같이 움직일 겁니다."

"1팀이? 그 정도면 충분할 텐데요."

"아뇨, 1팀은 에우터프로 벌써 떠났습니다. 거기서도 실종 자들이 좀 나왔거든요. 그쪽으로 움직일 팀은 진돗개 2팀입니다. 그래서 김수현 팀장님께 부탁드리는 겁니다. 아, 진돗개 2팀을 무시하는 건 절대 아니지만……."

'무시하는 거 맞네.'

갑자기 격세지감이 느껴졌다. 예전의 진돗개 2팀 팀장 최재호는 유능하고 야망에 찬 인물이었는데, 이제는 개발계획국의 일개 담당자한테도 의심에 찬 시선을 받고 있는 것이다.

"아무래도 그만한 인원이 연락이 안 되는 일인데, 진돗개 2팀에만 맡기는 건 조금 조심스러워서요. 김수현 팀장님은 이해하실 거라고 믿습니다."

"뭐, 이해야 합니다……. 알겠습니다. 제가 맡죠."

"감사합니다!"

담당자의 얼굴이 활짝 펴졌다.

"자세한 건 따로 서류로 받겠지만, 제가 알아야 할 다른 게 있습니까? 제가 받을 보상이라든가, 보상이라든가, 보상이라든가."

"……일단 거기 쪽에 일본 회사가 들어갔거든요."

"그랬었나요? 기억에 없는데."

"드래곤 슬레이어 프로젝트 이후로 몇 개 회사가 좀 발을 빼고 그래서…… 새로 생긴 자리에 일본 쪽 회사를 넣었습니다. 사실 이런 말을 하면 좀 그렇지만, 외국 회사가 저희한테 더 많이 남기는 합니다. 세금이 세거든요."

"그냥 대놓고 말하셔도 됩니다."

"어쨌든 모회사가 워낙 규모가 큰 기업이니 보상 같은 건 걱정을 안 하셔도 될 겁니다. 그보다 김수현 팀장님, 팀장님은 딱히 사치도 안 부리시잖아요? 차도 회사 내에서 돌리는 국산 차 쓰시고, 자택도 딱히 갖고 안 계시고……."

"뭡니까, 제 뒷조사했습니까?"

"뒷, 뒷조사라뇨! 그럴 리가요! 이건 그냥 나오는 건데……! 저희와 오래 가셔야 할 분이니 혹시 모를 일에 대비해서 미리 준비한 것뿐입니다!"

"돈은 안 써도 모을 수 있죠."

전형적인 일 중독자의 대사였지만 수현은 스스로를 그렇게 생각하지 않았다. 더 질이 나빴다.

"써야 모을 가치가 있지 않나……?"

"지금 저한테 부탁하러 부르신 겁니까, 아니면 제 생활 태도 충고하려 부른 겁니까?"

"죄, 죄송합니다."

수현이 슬슬 귀찮다는 듯이 말하자 담당자는 즉시 사과하며 고개를 숙였다.

수현은 지위에 비해 낮은 직원들에게도 나름대로 친절했다. 용병 출신이라는 걸 생각한다면 보기 드문 친절이었다. 잘나가는 용병 중에서는 성격파탄자가 수두룩했다.

그러나 그렇다고 해서 수현이 그와 동급이라고 생각해서는 안 됐다. 수현이 마음만 먹는다면 손가락 하나로 그를 자를 수 있었다.

"하지만 이것만은 오해하지 말고 들어주십시오."

"……?"

"저희 쪽에서도 가끔 이야기가 나오는 건데, 김수현 팀장님께서는 너무 일에만 매달리고 있는 것 같습니다. 걱정하시는 분들이 있어요."

"그래요?"

"지금 팀장님이 아직 이십 대죠? 보통 그 나이대의 젊은 친구들은 훨씬 더 욕망에 충실하게 살거든요. 저도 그때는 신나게 놀았고요."

"……."

"사람은 기계가 아니잖습니까? 계속 달리기만 하다 보면 브레이크가 고장 날 수 있습니다. 가끔은 쉬면서 느슨하게 긴장을 풀고 해야죠. 팀장님은 우리 개발계획국, 아니, 한국의 대들보가 되실 인재신데…… 오래, 멀리 보면서 가야죠."

수현은 상상치도 못한 말을 듣고 생각에 잠겼다. 개발계획국 내에서 그를 저런 식으로 걱정하는 시선이 있으리라고는 생각도 못 했다.

'하긴, 그동안 너무 달려오기는 했군.'

삼십 살도 안 된 나이에 몇 개의 커리어를 쌓은 건지 알 수 없었다. 사실 그게 이상하다고 생각하지는 않았다. 수현은 이미 한 번 삶을 겪었었기 때문이었다.

미래에 무슨 일이 일어날지 알고, 미래에 무슨 일을 겪을지 알고 있었기에 더욱 치열하게 강해지려고 했다. 당사자야 느끼지 못했겠지만, 주변 사람들의 눈에는 정말로 걱정될 정도로 보였을 가능성이 컸다.

"무슨 뜻인지 이해했습니다. 살짝 감동적이기도 하군요. 개발계획국 내에서 이렇게 저를 걱정해 줄 줄은 몰랐는데."

"팀장님!"

"그래도 이번 일은 끝내고요."

"팀장님……!"

다른 의미로 담당자는 다시 말을 반복했다. 보아하니 수현이 쉴 것 같지는 않았기 때문이었다.

"그러고 보니 담당자님 성함이?"

"조민욱, 개발계획국 초능력자 관리정책과 과장입니다."

명함을 받은 수현은 고개를 갸웃거렸다.

"어라? 그런 부서가 있었었나?"

"워낙 시대가 빠르게 변하니 여러 부서가 생겼다 사라지고, 합치거나 이름을 바꾸고는 합니다. 하하하!"

"아니, 그런 게 아니라……. 뭐, 상관없겠죠. 이름 기억해 두겠습니다. 충고 고맙군요."

수현의 말에 조민욱은 감격한 표정을 지었다. 웃어넘겼지만 초능력자 관리정책과는 새로 신설된 부서였다. 주로 수현 때문에. 수현 개인이 워낙 자기관리가 철저했기에 이제까지는 방임주의적으로 대해왔지만, 중국 측 요원이 발각되고 나서 행성관리부 위에서 말이 내려왔다.

－너희 너무 마법사라는 인재에 소홀한 거 아니냐?

따지고 보면 맞는 말이었다. 위에서 내려온 말은 더 파급력이 있었다. 그래서 밑의 개발계획국은 수현이라는 개인에 대해 다시 한번 조사하기 시작했고……. 몇 가지 우려할 점을 발견한 것이다.

─수도승도 아니고, 한참 피 끓을 사람이 너무 일에만 집착하는 거 아닌가?

─가족 때문이 아닐까요? 가족이 일찍 죽었잖아요.

─저렇게 금욕적으로 살던 사람이 한번 맛 가면 확 맛 가는 거 아닌가 몰라. 중국 놈들도 그래서 저런 식으로 요원 보낸 거 아닐까?

─에이, 설마. 김수현 팀장이 얼마나 칼 같은 사람인데…….. 젊다고 무시하지 마. 한번 같이 일해봐라. 앉아만 있어도 주변에 위엄을 뿌리는 게…… 난 장관님 만나는 것보다 더 긴장되더라.

─아무리 대단한 사람이라도 약점은 있잖습니까. 대단한 위인도 집에 가서 아내한테 잡혀 사는데, 미인계 같은 건 좀 조심할 필요가 있다고 봅니다.

─음, 확실히 일리가 있어. 저런 사람이 한번 빠지면 오히려 눈 돌아갈 수도 있지.

모두의 머릿속에 한 가지 상황이 떠올랐다. 수현이 사랑에 빠져서 중국으로 귀화한다고 발표하는 상황이. 모두들 소름이 돋았는지 몸을 부르르 떨었다.

─전원 사표 내야겠군.

─아, 아직 안 일어났잖아. 그리고 이번에도 잡았고.

─문제는 앞으로도 계속 일어날 수 있다는 겁니다. 그리고 솔직히 중국 쪽보다 다른 곳이 더 골치예요. 김수현 팀장이 중국은 쉽게 갈 것 같지는 않지만, 미국 같은 건 충분히 갈 수도 있다고 보거든요. 게다가 이미 김수현 팀장은 미국 쪽에 탄탄한 연줄이 있다고요. 그쪽 회장의 태도를 보면 거의 몸이 달아서 요청하던데.

　─아, 찰스 카를로스 회장. 탐을 낼 만하지. 카메론 초기부터 그렇게 탐험을 원했으니.

　─근데 그런 공작을 어떻게 막습니까? 우리가 김수현 팀장이 데이트라도 할 때마다 쫓아다닐 수도 없고요.

　─사실 그랬다가는 우리가 역풍을 맞을…….

　─어…… 참한 아가씨라도 골라서 맞선?

　─너무 노골적이지 않습니까? 결혼으로 묶어놓겠다는 의도가 뻔히 보일 것 같은데요. 누가 말을 꺼내던 간에요. 그 사람 그런 건 아주 예민해서 바로 눈치챌 겁니다.

　─그래, 그건 좀 아닌 것 같다. 일단 담당자를 붙여줄 테니까, 친하게 지내봐.

　─친하게 지내라고요……?

　다들 의견이 달랐지만 하나는 일치했다. 수현은 친하게 지내기 힘든 사람이었다. 그 능력이나 성격이나 모두.

　─그럼 내가 친하게 지내리? 친하게 지내면서 너무 일만

하지 않게, 좀 이것저것 재미를 느끼게 해주라고. 평양에도 놀 거 많잖아?

　－한마디로 세금으로 놀라는……?

　－너 나한테 불만 있나?

　－아뇨, 없습니다.

　－이런 거 잘할 것 같은 사람 있나?

　모두의 시선이 한곳으로 모였다. 그리고 그것으로 결정되었다.

　그가 모르는 곳에서 그가 상상치도 못하는 계획이 준비되고 있다는 건 짐작지도 못한 채, 수현은 작전을 준비하고 있었다.

　캘커타 정글지대는 대원들도 잘 아는 곳이었다. 그들은 듣자마자 표정이 어두워졌다.

　"내가 처음 들어갔을 때는 카메론이 다 이런 곳이지, 했었거든? 아니었어. 캘커타만 유난히 X 같은 곳이었던 거야."

　"조용히 해. 다른 용병들도 있잖아."

　"뭐 어때. 저놈들도 알 건 다 알 텐데."

　멀리서 모여 있는 다른 용병들이 보였다.

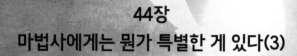

44장
마법사에게는 뭔가 특별한 게 있다(3)

"그런데 숫자가 좀 많다? 진돗개 2팀이라고 하지 않았나? 인원을 확장했나?"

"다른 회사들도 있다."

"어, 그래요?"

대원들은 의아하다는 표정을 지었다. 진돗개 2팀과 그들의 전력이면 충분했기 때문이었다. 이런 상황에서 굳이 과도한 전력을 투입할 필요는 없었다.

"뭐야, 그럴 거면 왜 우리까지 부른 거야?"

"못 믿어서…… 는 아니겠지?"

"그런 게 아니다."

대원들이 자꾸 뒤에서 떠들자 결국 수현이 설명에 나섰다.

"진돗개를 제외하고 나머지는 다 새로 생긴 용병 회사야. 단성, 주영, 포스트 오메가……. 평상시라면 나름 전력이 되겠지만 만약 큰 문제가 생기는 경우엔 전력으로 취급하긴 힘들 거다. 경험이 적으니까."

"예? 그런 놈들을 왜 데리고 가요?"

"드래곤 슬레이어 프로젝트 때문이지. 나한테 그만 따지고 너희 일이나 잘해. 어쨌든 있어서 나쁠 건 없잖나."

"나쁠 게 없다니요. 경험 없는 신참들이 사고라도 치면 다 우리가 손해 보는 일인데."

수현은 뻔뻔하게 말하는 대원을 어이없다는 듯이 쳐다보았다. 따지고 보면 경험 없는 이들을 데리고 처음부터 끌어올린 게 누구였단 말인가?

"그 소리 하고 양심에 안 찔리냐?"

"하하……."

"됐고, 괜히 친하게 지내겠다고 헛짓거리하지 마."

"예!"

실질적인 탐사 전력은 진돗개 2팀과 수현의 팀이었다. 따로 붙은 용병 회사의 팀은 어디까지나 정부의 부탁 때문이었다.

드래곤 슬레이어 프로젝트 이후, 많은 용병 회사가 문을 닫거나 반토막이 나서 전력 외 평가를 받았다.

정부가 협력 업체를 구하더라도 어디까지나 회사가 많을 때 이야기였다. 빈자리를 채울 전력이 필요했다. 그리고 그런 상황은 새로 시작하는 용병들에게는 좋은 기회였다. 이미 기존 세력들로 인해 들어갈 틈도 없던 곳에 자리가 갑자기 생긴 것이다.

그렇게 둘의 이해가 일치했고 정부는 새로 도전하는 용병 회사들에게 혜택을 주고 지원을 해줌으로써 단기간에 전력을 회복하려고 들었다.

이번 일에 붙인 용병 팀들도 그런 정책의 일환이었다. 만약 캘커타의 레드우드 숲 기지가 파괴되었다면 그곳을 보충할 전력이 필요했다. 정부는 신설 팀이라도 경험이 풍부하고 확실한 전력인 수현의 팀에 붙여서 배우게 하면 나름 육성이 될 것이라 판단한 것이다.

'솔직히 말해서 귀찮은데.'

수현은 이번 일이 위험하다고 생각하지는 않았다. 개발계획국도 마찬가지로 판단했을 게 뻔했다.

연락이 두절됐다지만 수현의 팀은 이보다 어려운 일들을 몇 번이나 해결한 경험이 있었다. 만약 위험하다고 판단했으면 애초에 그들을 보내지 않았을 것이다.

한마디로 경험 없는 놈들을 잘 가르쳐서 쓸 만하게 만들어 달라는 건데, 수현 밑에서 다룰 이들이 아닌 이상 수현은 그런 곳에 에너지를 소비하고 싶지 않았다.

"팀장님, 제 얼굴에 뭐라도 묻었습니까?"

"아니, 아무것도 아니다."

김창식은 수현이 그를 쳐다보자 고개를 갸웃거렸다.

'이 인간들 사람 만드는 데도 얼마나 걸렸는데 무슨……'

"김수현…… 팀장님."

뒤에서 어색한 목소리가 들렸다. 고개를 돌아보자 낯익은 얼굴이 보였다. 수현은 웃음을 참으며 대답했다.

"오랜만입니다, 최재호 팀장님."

수현과 직접적인 악연은 없었지만, 간접적으로는 가장 많은 피해를 본 사람이 최재호였다. 그를 대할 때 적대심은 보이지 않더라도 떨떠름한 태도를 보일 수밖에 없었다.

"조금 마르신 것 같습니다?"

"아, 요즘 일을 많이 하다 보니……."

원래 그렇게 살이 찐 체형이 아니었는데도 눈에 보일 정도로 마른 느낌이었다. 수현은 안쓰럽다는 듯이 혀를 차며 말했다.

"그래도 건강은 챙기시면서 일을 하셔야죠."

'반쯤은 너 때문이야!'

"감사합니다."

회사 내에서의 승진 좌절, 몇 번의 판단 실패……. 전부

수현 때문은 아니었다. 최재호는 그런 것까지 다 수현한테 책임을 물을 정도로 치졸한 사람은 아니었다.

그러나 수현에 대한 판단을 잘못 내린 게 여기까지 꼬인 이유 중 일부라는 건 분명했다. 최재호는 보이지 않게 한숨을 내쉬었다.

'여전하군.'

능수능란한 남자. 최재호는 능구렁이라는 표현이 아깝지 않았다. 수현이라는 상대가 나빴을 뿐.

지금도 그는 상황에 맞춰서 예의를 지키고 있었다. 속은 미친 듯이 쓰리겠지만, 수현의 위치가 까마득하게 올라간 걸 인식하고 있었기에 전혀 내색하지 않고 예의를 보이는 것이다.

"예전에 했던 것처럼, 이번 일도 같이 잘해봅시다."

"……잘 부탁드리겠습니다."

"기운 좀 내세요."

돌아오자 대원들이 희한하다는 듯이 최재호를 쳐다보았다. 예전에는 정력적이고 기운 넘치던 남자가 왜 저렇게 됐는지 이해가 가지 않았다.

"왜 저럽니까?"

"내버려 둬. 많이 힘든가 보다."

"힘들다고요? 붉은돼지버섯이라도 좀 선물로 보내줄까?"

"⋯⋯그건 별 의미가 없을 것 같은데."

수현이 최재호와 대화를 끝내자 기회를 엿보고 있던 다른 팀의 팀장들이 인사를 하러 왔다.

"안녕하십니까! 주영 보안 회사의 팀장, 김주영입니다. 잘 부탁드리겠습니다!"

"아, 잘 부탁해요."

"저는 단성의 팀장, 이단성입니다. 초능력은⋯⋯."

"오기 전에 서류 읽어봤으니 굳이 여기서 다시 설명 안 하셔도 됩니다. 뭐 필요하거나 궁금한 거 있습니까?"

수현이 서류를 다 읽어봤다고 말하자 둘은 감격한 표정을 지었다. 그들에게 수현 같은 마법사는 선망의 대상이었다. 젊은 나이에 카메론에서 오를 수 있는 위치는 모두 오른, 롤 모델이나 다름없는 존재였으니까.

"없습니다! 이번에는 많이 배우겠다는 각오로 최선을 다하겠습니다."

"저도 그렇습니다!"

"⋯⋯?"

수현은 보기 드문 용병들의 태도에 눈을 깜박였다. 용병 중에서 이렇게 공손한 용병들은 희귀했기 때문이었다.

'정부에서 인원 뽑을 때 인성 검사라도 했나?'

아무리 정부가 문제 되는 걸 싫어한다고 쳐도 용병을 뽑을 때 인성 검사를 하지는 않았을 것이다. 그랬다가는 태반이 잘려 나갈 테니까.

"아, 네. 그러면 뭐 열심히 해보세요. 너무 무리할 건 없고. 어지간한 건 진돗개 2팀이나 제 선에서 다 끝날 겁니다. 그냥 캘커타가 이런 곳이구나 하는 것 정도만 익히시는 느낌으로……."

말을 하던 수현은 부담스러운 기분에 말을 멈췄다. 두 팀장이 과할 정도로 눈빛을 빛내고 있었던 것이다.

"더 말씀해 주시죠."

"……그냥 따라오면서 경험해 보면 대충 감이 올 겁니다. 두 분 다 초능력자고 팀에 초능력자 전력도 충분하니까요."

"예!"

"이 정도면 완벽하게 몰아넣은 거 아닙니까? 그냥 진입하죠? 정면으로 부딪쳐도 이길 수 있을 것 같은데."

"안 돼. 조금 더 기다려 보자. 내버려 두면 알아서 나올 거다. 안에 비축된 물자도 슬슬 한계가 오고 있을 테니까."

대장의 말에 부하는 입을 다물었다. 어차피 권한은 그에게 없었다.

"내가 너무 조심한다고 생각하냐?"

"옛?! 아니, 아닙니다!"

"모르는 척하지 않아도 된다. 대원 중에서 내 방식에 불만이 있는 놈들이 꽤 있을 텐데."

부하는 머뭇거렸다. 확실히 그의 상관은 너무…… 신중했다. 좋게 말하면 신중한 거였고 나쁘게 말하면 겁이 많았다. 하지만 그걸 대놓고 말하는 건 다른 차원의 문제였다.

'이미 부정하기에는 늦었지?'

"조금 그렇긴 합니다."

"다른 팀들은 대놓고 정공법으로 시원하게 일을 처리하는데 깔끔하게 끝내니 그런 생각이 들 법도 하지."

"게다가 명성도 높아지잖습니까."

"그래, 진뤄궁 같은 놈처럼 말이야."

부하는 '헉' 하고 입을 막았다. 순간 본심이 튀어나온 것이다. 그러나 그의 대장은 별로 신경 쓰지 않는 것 같았다.

"명성, 부귀, 권력……. 다 부질없는 짓이다. 우리 같은 사람들한테는 거리가 멀어. 네가 임무 몇십 개를 성공적으로 끝낸다고 하더라도 그런 걸 잡을 수 있을 것 같냐? 그런 건 타고난 놈이 갖고 가는 거야. 당에 연줄이 있거나, 가족이 고위관직에 있거나……. 우리는 그냥 봉급쟁이다. 시키면 하는 거지. 봉급쟁이한테 뭐가 가장 중요한지 알아?"

"······?"

"생존이다, 생존. 일단 살아남아야 조그만 거라도 누리고 사는 거야. 내가 이제까지 실패한 적은 있어도 죽은 적은 없다."

'그건 당연한 거잖습니까.'

"이 주변에서 예전에 무슨 일이 있었는 줄 아냐?"

"······?"

"초능력 상쇄장치를 들고서 임무에 뛰어들었던 팀이 전멸했지. 한 명도 빼놓지 않고. 그때는 심지어 초능력 상쇄장치가 지금처럼 드러나지도 않았던 때였어."

"······!"

"그때 누가 그놈들이 실패할 거라고 생각했겠냐? 그놈들도 당연히 성공할 거라 생각했겠지. 그러니까 대놓고 정면에서 들어간 거고. 하지만 아니야. 카메론에서는 그렇게 하면 안 돼. 상대에게 무슨 한 수가 있는지 알 수 없으니까. 우리가 비장의 무기를 갖고 있는 것처럼 상대도 갖고 있을 수 있다고."

'이 인간 진짜 겁쟁이 아냐? 그런 식으로 해서 언제 일을 다 처리해······.'

"기다리고 기다려서 확실하게 간다. 두고 보면 결국 바닥이 나오게 되어 있어. 사람의 인내심이란 건 그렇게 강하지 않거든."

지금 그들은 레드우드 숲의 기지 주변에 매복하고 있었다. 이제까지의 작전은 완벽에 가까웠다.

기지의 연락 시설을 파괴하고 목격자들을 제거해 이 주변에 막대한 타격을 입히는 것. 그들은 이 목표를 하나씩 달성해 나가고 있었다.

원래라면 쉽지 않았을 임무였다. 그러나 그들에게는 행운이 따랐다. 중국은 다크 엘프들의 몬스터 조련에서 영감을 받아 꽤나 많은 투자를 했고, 조금씩 가시적인 성과를 거두고 있었다. 지금 현장에 있는 팀은 몬스터를 지원받은 첫 팀이었다.

그런데 이때 공교롭게도 차원문 사건이 터진 것이다. 몬스터들이 날뛰기 시작했고, 레드우드 숲 기지의 병력도 사태를 진정시키기 위해 움직여야 했다.

천재일우의 기회였다. 그들은 훈련된 몬스터들을 이용해 시설을 파괴하고 적 병력을 기지 안으로 몰아넣었다. 이제 포위된 이들을 공격해서 끝내기만 하면 이 주변은 몬스터한테 전멸당한 것으로 알려질 수밖에 없었다. 정말 완벽했다. 그들의 대장이 공격 명령을 내리지 않는 것만 뺀다면.

대장은 기지 안의 병력이 어느 정도 강력한지 알 수 없고 안에 어떤 방비를 해놨는지 파악하지 못했으니 기다리라고 명령했다. 어차피 다른 물자 보관 시설은 다 파괴했으니 기다리면 나올 수밖에 없다고. 부하들은 명령이니 따랐지만 시간이 지나갈수록 불만이 나왔다.

크르릉…….

"저거 좀 진정시켜라. 소름 끼치게 우네."

"옙."

대장의 말에 그는 몬스터용으로 만들어진 먹이를 특수 우리에 집어 던졌다. 다크 엘프들의 기술에 많은 도움을 받기는 했지만, 그들의 기술은 다크 엘프들의 기술만큼 섬세하지 못했다. 다크 엘프들은 비전을 함부로 알려주지 않았다.

"거봐, 나오기 시작하잖아."

"……!"

기지 안 인원 중 한 명이 폐쇄된 문을 열고 나오더니 몸을 움츠리고 움직이기 시작했다. 그의 얼굴은 며칠을 제대로 씻지 못한 사람처럼 지저분했다.

"몬스터가 다 갔나 생각하는 거겠지."

"돌입할까요?"

"기다려. 더 나오게 내버려 둬. 그리고 이번 임무는 절대로 흔적을 남기면 안 돼."

"다 죽이면 되지 않습니까?"

"다 죽여도 흔적은 남아. 몬스터를 쓴다."

'진짜 더럽게 겁 많네!'

부하는 목구멍까지 치민 소리를 꾹 눌러 삼켰다. 그때, 뒤에서 다른 대원이 달려왔다. 그의 얼굴은 당혹감으로 가득해 보였다.

"대장, 큰일 났습니다!"

"왜 그래?"

"여기로 한국 정부의 구출대가 오고 있다는데요."

"난 또 뭐라고…… 충분히 예상했잖아. 양동 작전으로 준비시켜 놓은 몬스터들 있지? 걔들 풀어서 시간 끌어. 이런 정글지대에서는 한번 당하면 느려질 수밖에 없어."

"아니, 그게 문제가 아닙니다!"

"뭔데?"

표정에 변화가 없던 대장도 부하가 물고 늘어지자 슬슬 짜증을 내기 시작했다.

"상대가…… 김수현이랍니다."

"김수현? 그 마법사??"

"예!"

"……"

"대장?"

"철수하자. 몬스터는 기지 쪽으로 풀고. 나머지 인원은 바로 빠져나간다."

"……!"

부하들은 황당하다는 듯이 대장을 쳐다보았다. 아무리 그래도 그렇지 이렇게 공을 들인 작전을 바로 포기하고 물러서다니.

"아니…… 진짜 빠져나갑니까?"

"그러면 가짜로 빠져나가냐? 김수현 네가 상대할래?"

"그, 그건 아닙니다만."

원칙적으로 보면 그의 상관 말이 맞았다. 그들은 김수현을 상대할 전력이 없었다. 몬스터가 있다고 해봤자 파악된 김수현의 능력을 봤을 때 이길 가능성은 희박했다. 그러나 그렇다고 해서 바로 도망치는 결정을 내리는 건 별개였다.

"가자. 일단 살아남아야 뭘 하지."

"……."

부하들은 수군거렸지만 그들의 대장은 침착했다.

'살아남는 사람이 강한 거다.'

김수현.

인류 최초의 마법사, 한국 최고 전력, 걸어 다니는 전술병기…….

따라다니는 이름만 해도 한두 개가 아니었다. 이 정도 차이가 나면 질투도 뭐도 들지 않았다. 그저 까마득하게 먼 사람으로 느껴질 뿐.

중국 내 초능력자 중에서는 김수현에게 경쟁심을 갖고 이를 갈고 있는 이가 많았다. 리우 신이나 진뤄궁 같은 사람이 그런 부류였다. 스스로의 능력에 대해 자부심이 넘치는 초능력자들.

그러나 그녀는 그런 경쟁심을 전혀 갖고 있지 않았다. 극도의 현실주의적 감성. 그게 그녀가 이제까지 살아남을 수 있었던 이유였다.

'김수현한테 경쟁심을 가지는 건 멍청한 짓이지. 드래곤한테 경쟁심이 들지는 않잖아? 강한 놈은 그냥 강하다고 인정하면 돼. 피하고 마주치지 않으면 그만이니까…….'

손을 쥐었다가 펴자 얼핏 보면 새처럼 보이는 종이 새가 비행을 시작했다. 전투력은 없지만 주변 파악에는 용이한, 그녀의 초능력이었다.

부하들은 자꾸 아쉬운지 뒤를 돌아보았다.

"가자. 기지 안을 제외하고 나머지 시설은 전부 파괴했으니 일의 절반은 해낸 거다. 나머지 일은 더 돈을 많이 받는 놈들에게 맡기자고."

"……."

그럼에도 불구하고 부하들이 미적거리자 대장은 고개를 저었다. 그녀의 부하지만 이해가 안 가는 이들이었다. 가장 중요한 건 목숨 아닌가. 그런데도 저렇게 주제를 파악 못 하고 미적거리다니.

'호승심이라는 게 참······.'

김수현과 부딪히는 건 처음이 아니었다. 물론 그때도 직접 부딪히지는 않았다. 정확히 말하자면, 레드우드 숲 주변의 임무를 처음 받은 게 그녀였다.

그때는 팀 내부의 사정이 생겨서 다른 팀에게 넘어갔지만, 지금 생각해 보면 천만다행이었다. 그 자리에 갔으면 전부 죽었을 테니까. 그 일 이후 한동안 진돗개에 대한 조사가 이뤄질 정도였다.

그렇다고 해서 그녀가 딱히 김수현한테 적대심을 갖고 있는 건 아니었다. 김수현한테 갖고 있는 감정은 저 드라고니아 분지에 있는 드래곤에 대한 감정과 비슷했다.

'너 강한 거 알겠으니까 제발 다음에는 만나지 말자.'

"이 지옥악어는 얼핏 보면 튼튼해 보이지만 겁먹을 필요는 없습니다. 약점은 배인데 초능력자가 있으면 굳이 약점을 노리지 않아도 됩니다. 적당한 공격력으로 바로 뚫을 수 있고, 설사 버틴다고 하더라도 원래 그렇게까지 빠른 놈은 아니니까 당황하지 말고 확인 사살을 하세요. 아, 가끔 죽은 척하는 놈이 있으니 가까이 다가가지는 말고."

"하하! 그런 사람이 있을 리가 없잖습니까! 몬스터인데!"

"……."

엉클 조 컴퍼니의 대원 중 하나가 손으로 얼굴을 가렸다.

"그렇군요. 지옥…… 악어…… 는 약점이 배……."

두 용병 팀장은 수현의 말을 금과옥조처럼 대하고 있었다. 말하는 수현이 민망해질 정도로.

"안 움직이십니까?"

움직임이 느려지자 앞에서 가던 최재호가 신호를 보내왔다. 그는 곱지 않은 눈길로 두 팀장을 쳐다보았다. 수현이야 건드릴 감당이 안 서도 그들은 아니었다. 새로 생긴 팀의 애송이들 아닌가. 실제로 최재호가 노려보자 그들은 주눅 들어서 고개를 숙였다.

"설명하느라 늦었습니다. 움직이죠."

"어우, 무섭네요."

최재호가 돌아가고 나서 김주영이 그렇게 말하자 수현은 고개를 저으며 말을 받았다.

"저 정도가 무섭다면 카메론에서 일하시면 안 될 텐데."

"아, 진짜 무섭다는 건 아니고요……."

"카메론에서 용병으로 일하기 시작한 건 뭐 때문입니까?"

"초능력자가 일확천금 가능한 건 역시 용병이잖습니까.

지구에서는 한계가 있죠."

젊은 초능력자가 각성하고 나면 한 번쯤 하게 되는 고민이었다. 죽을지도 모른다는 두려움에 그냥 참고 사는 사람이 있고, 그런 두려움보다는 우연히 얻은 기회를 크게 살려보겠다는 사람이 있었다. 용병은 후자의 사람들이 하는 선택이었다.

"저 친구들도?"

"아, 단성이도 비슷하고…… 구산은 좀 다릅니다."

"……?"

"저나 단성이는 비슷한 사람 모아서 새로 시작한 건데, 쟤는 유명한 용병 회사에 있다가 나온 놈이거든요. 오메가라고 아세요?"

오메가. 기억이 났다. 드래곤 슬레이어 프로젝트 이전의 정부 직속 팀이었다. 물론 드래곤 슬레이어 프로젝트 때문에 박살이 났고 원래 전력은 회복하지 못했다.

"압니다. 괜찮은 회사였던 걸로 아는데, 분해됐습니까?"

"네, 좀 됐죠."

"뭐, 그것도 카메론에서는 흔한 일이죠."

팀 하나가 사라지거나 초능력자 하나가 사라지는 것으로 용병 회사는 흔들릴 수 있었다. 하물며 팀 몇 개가 동시에 사라진다면 더더욱.

"그런데 거기에 있다가 나왔다고요?"

지금 진돗개와 수현의 팀을 제외하고 붙은 용병 팀은 세팀. 그중 김주영과 이단성은 수현에게 부담스러울 정도로 붙어서 물어보고 있었다. 그에 비해 다른 하나를 맡은 구산이라는 팀장은 수현에게 굳이 말을 걸지 않고 멀리서 자기할 일을 하고 있었다. 내색하지는 않았지만 어딘가 삐딱한 태도가 느껴졌었는데, 수현은 이제야 그 태도를 이해할 수 있었다.

'이런 풋내기들이랑은 다르다 이거지?'

대형 용병 회사에 있다 보면 스스로의 위치를 착각하기 쉬웠다. 실제로 최재호는 수현에게 진돗개의 하위 팀 팀장직을 제안할 때 무슨 대단한 제안이라도 하는 것처럼 으스대지 않았는가.

물론 대형 회사의 하위 팀은 대부분의 면에서 작은 회사의 상위 팀보다 나았다. 대우도 그렇지만 경험할 수 있는 것도 크게 달라졌으니까.

한마디로 새로 시작하는 용병들과는 다른 위치라는 걸 저렇게 표현하고 있는 것이었다. 수현의 입장에서는 가소로울 뿐이었지만.

'뭐, 알아서 할 일이지. 내가 챙겨줄 필요도 없고.'

저렇게 혼자서 폼을 잡든 말든 수현의 명령만 잘 따라준다면 수현은 상관할 생각이 없었다. 어차피 이번 일이 끝나면 굳이 부딪힐 일이 없을 테니까.

행군 또 행군.

수현은 이런 정글지대도 익숙했지만 다른 용병들은 짜증 섞인 표정이었다. 그건 진돗개 2팀의 팀장인 최재호도 마찬가지였다.

잠시 쉬는 시간에 최재호가 입을 열었다.

"이 연락 두절, 어떻게 생각하십니까?"

"글쎄요. 생각할 수 있는 건 여러 가지죠. 우연히 연락 시설이 박살 났다거나."

"그러면 직접 오지 않았겠습니까?"

"그럴 수 없었던 사정이 있었겠죠. 한동안 몬스터가 날뛰었으니 나가기가 조심스럽기도 할 거고."

"혹시……."

"……?"

"캘커타 고릴라가 다시 나타난 걸 수도 있지 않겠습니까?"

'아, 이 양반.'

수현은 그가 뭘 걱정하고 있는지 깨달았다. 캘커타 고릴라. 다른 사람은 몰라도 최재호는 캘커타 고릴라한테 쓴맛을 본 경험이 있었다. 이렇게 걱정하는 것도 무리가 아니었다.

"나타나면 다시 잡으면 되죠."

"아니, 그건 좀……. 생존자만 데리고 일단 빠져나가도 되지 않겠습니까?"

"왜요. 제가 못 잡을 것 같습니까?"

"아, 아닙니다."

속마음을 들킨 것 같아 최재호는 얼굴을 붉혔다.

저번의 캘커타 고릴라 사냥은 성공적으로 끝난 작전이었지만, 정작 당사자인 최재호는 영문을 알 수 없는 작전이었다. 그들은 정신없이 휘말렸는데 끝나고 보니 캘커타 고릴라가 잡혀 있었던 작전. 그렇기 때문에 확신을 할 수가 없었다. 이 전력으로 안전하게 캘커타 고릴라를 잡을 수 있는지.

"걱정 마시죠. 캘커타 고릴라는 충분히 잡을 수 있으니까."

"……."

불안했지만 최재호는 일단 고개를 끄덕였다. 결정권은 수현에게 있었을뿐더러, 마법사 정도 되는 인물이 스스로의 목숨을 위험에 빠뜨리지 않을 거라는 확신이 있었던 것이다.

"미친, 뭐야?!"

"당황해하지 말고 물러서라."

수현은 낮은 목소리로 말하며 주먹을 움켜쥐었다. 저 멀리서 돌진하는 트롤이 보였다. 예전 같았다면 급소를 노리고 교묘한 움직임으로 사냥에 나섰겠지만 이제는 그럴 필요가 없었다.

화르륵!

불타는 창이 나선을 그리며 쏜살같이 날아갔다. 트롤은 무의식적으로 팔을 뻗어서 막으려고 했지만 화염의 창은 팔을 관통하고 몸통까지 뚫어버렸다.

'무슨 초능력이!?'

옆에서 보고 있던 최재호는 입을 벌렸다. 그는 트롤에 대해서도 잘 알고 있었고, 화염 계열 초능력에 대해서는 더 잘 알고 있었다. 하지만 저런 위력을 가진 화염 계열 초능력은 본 적이 없었다.

보통 화염 계열 초능력 중에서 화염 화살, 화염 창, 이런 별명이 붙은 건 그 겉모습 때문이었지 실제로 관통력이 있어서가 아니었다. 관통력이 좋은 건 다른 실체가 있는 초능력에 많았다.

그러나 수현의 초능력은 그런 일반 상식을 뛰어넘었다. 아티팩트라고 해도 저런 아티팩트는 들어본 적도 없었다. 위력이 거의 국보급이었다.

트롤이 타들어 가기 시작했다.

"피!"

"나중에 따로 사냥해서 챙겨라. 지금은 그럴 때가 아니니까."

아까까지 친절하게 말하던 수현은 냉정하게 지시했다. 갑작스럽게 나온 트롤 무리 때문에 용병들은 당황한 상태였다. 침착을 유지하고 있는 건 진돗개 2팀과 수현의 팀 정도였다.

"진형 유지해! 발만 묶어라. 내가 태우겠다."

최재호는 대원들과 함께 부지런하게 움직였다. 초능력자를 다수 보유하고 있는 팀은 트롤을 상대할 때 겁을 먹을 이유가 없었다. 트롤이 완력이 강하고 재생할 수 있다고 하더라도 그들에겐 트롤의 발을 묶고 죽일 방법이 충분했으니까.

"으아아아아!"

철컥거리는 소리가 들렸다. 난사를 한 덕분에 빠르게 탄창이 소모된 것이다. 김창식은 한심하다는 듯이 뒤의 다른 대원들을 쳐다보았다.

"야, 야. 그렇게 쏘지 마! 의미도 없는 짓거리를……."

"잘됐군. 가서 상대해 봐라."

"네?"

두 마리를 추가로 잡은 다음 수현은 대원들에게 남은 트롤을 정리하라고 명령했다. 비교적 안전한 실전은 언제나 좋은 훈련장이었다.

트롤을 얼리고, 저주에 빠뜨리고, 중독시키고, 증폭된 완력으로 후려치고, 순간이동으로 뒤를 베어버리고, 폭발로 급소를 날려 버리고……. 가능한 초능력은 거의 다 나온 것 같았다.

다채로운 초능력으로 트롤을 상대하는 걸 본 최재호는 다시 한번 놀랐다.

'저, 저놈들 대체……?'

신설 용병 회사들의 대원들은 그냥 순수하게 잘 싸우는 걸 보고 감탄했지만 최재호는 전혀 다른 방향으로 놀라고 있었다. 그는 예전의 엉클 조 컴퍼니 대원들을 알고 있었다.

'전원이…… 초능력자라고?'

아티팩트를 써도 저렇게 자유롭게 쓰려면 초능력자가 아니고서야 힘들었다. 최재호는 한동안 잊었던 소문이 다시 떠오르는 걸 느꼈다.

'저거 정말, 무언가 있다……!'

강인규는 이번에는 트롤에게 원하는 저주를 정확히 걸 수 있어 안도의 한숨을 내쉬며 고개를 들었다가 최재호와 눈이 마주쳤다.

"힉!"

성격은 어디 가지를 않았다. 겁을 먹을 필요가 없었지만 강인규는 최재호를 보고 긴장한 표정을 지었다. 그걸 보고 최재호는 무언가 돌파구가 열리는 느낌을 받았다.

'그래, 저놈이 있었지! 그래도 원래는 진돗개 소속이었고, 내가 보내준 셈이나 다름없으니……. 캐묻기는 아주 좋겠어.'

그러면서 최재호는 그가 예전에 한 다짐을 까맣게 잊어버렸다. 수현 때문에 망신을 당하고서, 그는 이렇게 다짐했었다.

"다시는 저놈하고 엮이지 않을 테다!"

사람은 쉽게 변하지 못했다.

"이상한데."

"뭐가요?"

"트롤이 이렇게 한 번에 많이 보이는 놈들이 아니잖아. 사냥 다닐 때 기억 안 나나? 하나 찾으려면 얼마나 헤집듯이 다녀야 했는데."

"아, 그랬었죠."

"이 정도로 모이다니. 이 주변 트롤은 거의 씨가 말랐겠는걸."

"그 게이트 폭발 때문에 모인 거 아닐까요?"

"아니, 시간이 지났는데 아직도 저렇게 모여 있을 것 같지는 않군. 어쨌든 조심하자고, 뭔가 이상하니까."

그러나 기지에 도착했을 때 그들을 반긴 건 함정이나, 대기하고 있는 적이 아닌 시설을 수습하려고 분주하게 움직이는 직원들이었다. 추레한 모습으로 돌아다니던 그들은 멀리서 나타난 용병들을 보고 손을 들어 환호했다.

"……뭐야?"

"멀쩡한데?"

"멀쩡하면 좋은 거지. 가서 상황이나 들어보자고."

수현은 걸어가며 주변의 시설들을 빠르게 훑어보았다. 거칠지만 확실하게 파괴되어 있었다. 분명 몬스터가 한 짓이 맞았지만……

'냄새가 난다.'

어딘가 인위적인 느낌이 강하게 났다.

"트롤?"

"예, 그렇지만 트롤 말고 다른 몬스터들도 있었을 수도 있습니다. 아니, 아마 그럴 가능성이 큽니다. 저희는 문제가 생기자마자 매뉴얼대로 대피해서 제대로 확인을 못 했지만…….”

상대가 몬스터일 경우, 일차 방어선이 뚫리면 지하로 대피하게 되어 있었다. 밖에 설치된 카메라나 기록 장치가 전부 부서진 이상 안에 있는 사람들은 대충 짐작밖에 할 수 없었다.

“생각보다 피해가 적어서 다행이군요. 정부 쪽에서는 최악의 상황도 예상하고 있었습니다.”

“어휴, 저희도 정말 죽는 줄 알았습니다. 몬스터가 간 건지 알 수 없으니까 계속 버티는데 물자는 바닥나 가지고…….
몬스터가 조금만 더 버티고 있었으면 돌아버렸을 겁니다.”

둘의 대화를 듣던 최재호가 말했다.

“김수현 팀장님, 괜찮다면 다른 기지에 먼저 가 보겠습니다. 저희 회사 팀원들이 있을지 몰라서…….”

“아, 생각을 못 했군요. 같이 움직일까요?”

“아뇨, 그러실 것까지는 없습니다. 지금 상황을 들으니 그 기지도 아마 비슷할 것 같습니다.”

“네, 통신 시설이 부서지기 전에 연락을 했었는데, 다른 기지 사람들도 제대로 피난은 한 것 같더군요.”

최재호는 가볍게 인사하고서 팀원들을 이끌고 근거리에 위치한 다른 기지를 향해 가버렸다.

수현은 천천히 걸으며 파괴된 흔적을 확인하기 시작했다.

다른 직원들은 급한 시설부터 복구하기 위해 안간힘을 쓰고 있었다. 그러다가 수현이 걸어오는 걸 보자 급히 옷매무새를 가다듬고 인사했다.

"아, 할 일 하세요. 저는 그냥 확인만 하는 거니까."

"예!"

몬스터가 남긴 흔적과 몬스터가 남긴 흔적처럼 보이려고 수작을 부린 흔적은 구분이 갔다. 다른 사람은 몰라도 수현은 그 방면에 있어서 전문가였다.

"흠."

시설물에 남겨진 이빨 자국, 둔탁한 무언가로 후려친 자국, 발톱 자국…… 트롤만 있었던 건 아니었다.

그리고 몬스터로 위장한 것도 아니었다. 이런 건 위장할 수 없었다. 몬스터가 습격한 건 확실한 사실이었다.

'그렇지만 뭔가 이상해.'

몬스터는 인간의 시설에 그다지 관심을 가지지 않았다. 몬스터가 쫓는 건 인간 그 자체였지, 인간이 도망쳤다고 해서 이 주변 시설을 이렇게 하나하나 다 집요할 정도로 부수지는 않았다.

'내가 너무 예민한 건가? 그 가짜 게이트 폭발 때문에 몬스터가 돌아버려서 닥치는 대로 부쉈다고 하면…… 아니, 아무리 그래도 좀 아닌데.'

이런 건 오히려 지성이 있는 생명체의 방식이었다. 연락 가능한 시설부터 부수고 고립시키는 방식. 수현은 이종족 테러리스트들을 떠올렸다. 다크 엘프들이라면 몬스터를 충분히 부릴 수 있을 것이다.

그러나 그 생각도 곧 멈췄다. 이종족 테러리스트들은 움직이기 전에 언제나 몇 가지 전조를 보여주게 마련이었다. 지금은 그런 것도 없었다. 갑자기 그들이 나올 리 없었다.

그렇다면?

"샤이나, 다크 엘프들이 다루는 몬스터 사육 기술 말인데."

"응?"

"그 기술, 다른 인간들이 배울 수도 있는 수준의 기술인가?"

"어……."

샤이나는 의외의 질문에 잠깐 고민하더니 바로 답을 내놓았다.

"아마 그럴걸? 기술 자체는 어려운 기술이 아니야. 기술자가 적어서 그렇지."

"기술자?"

"딱히 정해진 규칙이 있는 게 아니라, 할 줄 아는 사람한테 배우는 거거든."

체계적으로 기록이 되는 인간과 달리 이종족들의 기록은 이런 식의 전수가 흔했다. 덕분에 몇 세대만 지나도 기록이 사라지는 경우도 종종 있을 정도였으니.

"그런데 이게 사람마다 차이가 커서, 재능이 있는 사람은 몇 번 하면 바로 감을 잡는데 재능이 없는 사람은 계속해도 감을 못 잡더라고."

"너는 재능이 있는 경우였군?"

"아주 못하지는 않았지."

샤이나의 얼굴에는 희미한 자부심이 드러났다. 수현이 데리고 온 호랑이를 훌륭하게 부리고 있는 것만 봐도 샤이나의 능력은 확실했다.

"인간들이 배울 수 있다고? 그러면……."

"그건 왜?"

"몬스터의 흔적들이 인간이 지시한 것 같아서. 이런 짓을 할 세력은 몇 개 안 되는데. 중국 쪽도 걔들 지역에 다크엘프가 있었지? 기술을 전수받았으면 불가능한 일은 아니겠군."

"에이, 설마."

"왜 설마지?"

"이 규모를 보면 한두 마리가 한 일이 아닌데, 우리들도 그렇게 대규모로 부리지는 못해."

"중국은 가능해. 그쪽 사람들 스케일을 아직 모르는군. 비용부터 시작해서 몬스터 포획으로 하는 거라면 충분히 가능한 범주야. 주변 몬스터들이 폭주한 것도 어느 정도 영향이 있을 거고……."

"그런데 중국 쪽이 한 짓이면 왜 아무도 안 보이지? 시설도 다 부숴 버렸으니 사람들도 제거해야 하는 거 아냐?"

"나도 그게 궁금해."

다른 건 모두 추측이 가능했고, 대충 예상을 할 수 있었지만 이것만은 수현도 답이 나오지 않았다. 왜 이들은 상황을 다 잡아놓고서 사라져 버린 것인가?

바로 공격하지 않은 건 이해가 갔다. 만약 습격자들이 몬스터를 부린 게 사실이라면 끝까지 몬스터들의 소행으로 남기고 싶었을 것이다. 인간의 소행이라는 게 들킨다면 바로 보복이 날아올 테니까.

그러나 아무도 보이지 않는 건 납득이 가지 않았다. 몬스터를 부릴 정도의 전력이면 구출대가 와도 한번 승부를 걸어보는 게 중국의 방식이었다.

'중국 쪽이 아닌가? 이렇게 얌전하게 물러날 놈들이 아닌데……. 설마 구출대가 온다는 걸 듣자마자 도망쳤을 리는 없잖아?'

수현은 그가 무심코 진실을 짚었다고는 생각하지 못했다. 꼭 중국만 아니어도 이런 공작을 벌이는 팀은 성과에 예민했다. 성과를 내지 못하면 당장 위에서 질책이 들어오는 것이다. 그런 압박에서 초연할 수 있는 사람은 흔치 않았다.

"뭐…… 일단 주변 더 찾고, 확인 좀 해보자고."

─크헝!

"으아아!"

"……?"

"왜 이렇게 많아?!"

─김수현 팀장님, 김수현 팀장님! 문제가 생겼습니다!

"……도와주러 가야겠군."

아무래도 주변의 몬스터들은 끝이 난 게 아닌 모양이었다.

진돗개 2팀을 도와서 개떼같이 몰려온 몬스터들을 처리하고 나서 주변에 위치한 다른 기지의 인원들까지 구출하고 나서야 용병들은 휴식을 취할 수 있었다.

"보초는 어떻게 설까요? 하던 대로? 아니면 반으로 나눠서?"

"아니, 이번에는 우리가 안 한다."

"……?"

수현은 턱 끝으로 뒤에 있는 용병들을 가리켰다. 새로 뽑힌 이들이었다.

"보초는 저쪽에서 다 설 거야."

"어, 그래도 됩니까?"

"애초에 정부에서 그러라고 붙여준 거거든? 정부가 설마 일 시키면서 짐 덩어리 붙여놓고 입 싹 닦으라고 하겠어? 부려먹을 수 있는 만큼 부려먹으라고 붙여준 거지."

"자존심 좀 상하겠네요."

"자존심은 무슨. 이미 사전에 이야기 다 하고 들어온 건데. 이런 식으로 배울 기회가 그렇게 흔한 줄 알아? 돈으로도 사기 힘들다고. 스스로 선택한 거니 배려해 줄 필요 없어."

세 명의 팀장은 무언가 분주하게 떠들고 있었다. 입모양을 보니 보초 관련해서 말다툼을 하는 모양이었다.

'상관없나.'

저들을 완전히 믿지는 않았다. 이미 주변은 수현이 개인적으로 확인을 끝낸 상태였다. 정말로 다른 이들이 없었다.

'귀신에 홀린 기분이군. 대체 왜 없는 거지?'

남아 있는 건 이상할 정도로 많은 몬스터. 만약 이놈들을 부리던 자들이 풀고 도망쳤다면 납득이 갔다. 왜 도망쳤는지는 여전히 알 수 없었지만.

"감사합니다, 김수현 팀장님. 이것 좀 드시죠."

"괜찮습니다. 해야 할 일을 했을 뿐인데요."

직원 중 한 명이 와서 수현에게 감사 인사를 하자 수현은 예의 바르게 받았다. 마법사인 수현이 생각보다 예의 바르게 그를 대해주자 직원은 감격한 표정으로 돌아갔다.

"뭡니까? 저 사람한테 뭐 원하는 거라도 있어요?"

"……난 친절하면 안 되냐?"

대원들이 바로 그렇게 반응하자 수현은 어이없다는 듯이 투덜거렸다.

"그냥 이미지 관리하는 거지. 뿔 세울 필요 없는 상대한테까지 사납게 대해서 좋을 게 없으니까."

"원래 안 그러셨잖아요?"

"상황이 달라졌으니까."

수현은 원래 그림자 속에 숨어서 적의 등을 찌르는 걸 선호했었다. 그렇기에 자기 자신을 알리는 것도 그렇게 좋아하지 않았고.

그러나 이번 사건으로 인해 확실히 깨달았다. 그는 더 이상 숨을 수 없었다. 숨는다고 해도 숨지 못할 것이다. 그러기에 그가 가진 타이틀이 너무 강력했다. 주머니 속에 넣은 송곳이 튀어나오는 것처럼 수현은 사람들에게 알려질 운명이었다.

"이번에 평양의 영웅이다, 뭐다로 알려졌으니 앞으로는 더 심해질 거야. 원래 처음이 어렵지 한번 드러나면 다들 신이 나서 띄워주거든. 괜히 역풍 맞기 싫으면 이미지 관리해야지. 너희들도 신경 쓰라고."

"예? 저희는 왜……."

"영웅은 팀장님이 하시고 저희는 그냥 지금까지 살아왔던 것처럼 편하고 방탕하게 살면 안 될까요?"

"죽고 싶냐?"

수현의 말에 김창식은 찔끔했다.

"걱정 마라. 방탕하게 살고 싶어도 이미 믿을 만한 대원들한테 말해놨으니까 힘들 거다."

김창식은 무의식적으로 고개를 돌렸다. 서강석, 박수용, 이소희가 그를 쳐다보고 고개를 끄덕였다.

"설, 설마……."

"그래, 넌 참고로 앞으로 나하고 같이 다니게 될 거다."

"수용 선배, 이러시면 안 되죠!"

"안 되는 건 너지, 이 자식아. 그보다 넌 만나는 사람도 있다고 하지 않았나?"

"아, 그렇지."

"그건 그냥 걔가 협박해서 그런 건데!"

"그냥 협박이 아니지. 뒤에 회장이 있는데."

화제가 점점 그한테 불리해지자 김창식은 급하게 화제를 돌렸다.

"그래서 팀장님, 앞으로 일은 어떻게 하실 겁니까?"

"통신 시설 복구되는 대로 연락하고 나서 주변 몬스터 청소 한번 해야지. 이상할 정도로 숫자가 많아서 그냥 가기는 힘들겠군. 청소하고 나면 여기 인원들로도 처리가 가능하겠지."

"쟤 말 돌린다."

"시끄러, 이것들아."

"몬스터 청소라고 해봤자 별로 어렵지는 않을 거다. 다들 긴장할 필요는 없다. 쉽게 끝날 테니까."

"예!"

"김수현? 김수현?! 또 이놈이냐!"

"그게……."

"거기에 뭐? 보낸 요원은 바로 잡히고! 우샹카이 너, 일을 제대로 하고 있는 거냐!"

"죄송합니다."

분노한 상관 앞에서 그가 할 수 있는 건 많지 않았다. 폭풍이 지나가기를 바라며 고개를 숙이는 것뿐.

"어제 내가 만찬회에서 내가 무슨 꼴을 당했는 줄 아냐? 리우 신의 팀이 그 대형 몬스터 처치에 성공했는데 우리 쪽은 요원도 실패해서 잡히냐는 소리를 들었다. 우샹카이, 내가 이런 소리를 듣고 다녀야 하나?"

"아닙니다. 죄송합니다."

"자세히 설명해 봐."

"아시다시피 이번 일을 맡은 샤오메이는 워낙에 조심스러운 성격이라……."

"겁이 많은 거겠지. 매번 살아 돌아오기만 하면 다인가?"

"그래도 그녀만 한 경험자도 드뭅니다. 내치는 건 조금……."

"알고 있다. 아직은 더 쓸 수 있지."

"그리고 완전히 실패한 건 아닙니다. 이번 일에서 몬스터 조련은 실전에서 쓸 수 있는 걸로 확인되었고, 놈들의 시설은 기지 내를 제외하고 전부 파괴했습니다. 한동안 제대로 된 건 나오지 못할 겁니다. 반쯤은 성공했다고 봐도, 아니, 2/3 정도는 성공했다고 봐도 좋지 않을지……."

우샹카이의 말에 상관은 고개를 끄덕였다. 그는 바보가 아니었다. 원래라면 인원까지 제거해서 그 주변을 한동안 못 쓰도록 만들었어야 했다. 저런 식으로 성공이란 표현을 들을 정도는 아니었다.

그러나 아부는 언제나 듣기 좋은 말이었다. 그는 계속 말하라는 듯이 손짓했다.

"게다가 놈들에게 잡히지 않았다는 게 큽니다. 아시다시

피 김수현은 재앙이나 다름없는 놈입니다. 리우 신이 낀 계획도 놈한테 발각되어서 무산됐잖습니까? 그렇지만 우리는 발각되지 않았습니다. 샤오메이가 잘 처리해서 가능한 결과였습니다."

"도망치다가 우연히 얻어걸린 걸 가지고 무슨……. 뇌물이라도 받았나?"

"그, 그럴 리가요! 다만 부릴 수 있는 팀 중 그만한 인재가 드물어서……."

"아, 아. 알겠어. 진정하라고. 그렇지만 나는 그년처럼 매번 도망치는 겁쟁이보다는 힘으로 싸울 수 있는 놈을 원해. 리우 신이나…… 진뤄궁 같은 진짜 강자 말이야. 이번에 진뤄궁을 보내달라고 한 요청이 잘되기를 바라야겠지."

"잘될 겁니다."

"아부는 그만해라. 김수현 이야기로 돌아와서, 또 놈 때문에 일이 망가졌다. 요원을 보낸 것도 실패했었지? 어떻게 생각하나?"

우샹카이는 침을 삼켰다. 이미 변명은 준비해 놓은 지 오래였다.

45장
마법사에게는 뭔가 특별한 게 있다(4)

"요원 측 실패는 아무래도 사전에 정보가 새어 나간 것 같습니다."

"뭐?"

"접촉해서 들어보니 아무것도 하지 않았는데 갑자기 김수현이 눈치를 챘다고 하더군요."

"변명이 아니라?"

"아뇨, 보낸 요원이 그 정도로 뻔뻔한 요원은 아닙니다. 네 개의 임무를 성공적으로 해결했던……."

"아, 아. 알겠고. 본론만 말해."

"아직 아무런 임무도 시작하지 않고 제대로 된 접촉도 하지 않았는데 갑자기 의심을 하더니 바로 체포당했다고 합니다. 이건 사전에 정보가 새어 나갔다고밖에 볼 수 없습니다."

"우리 쪽 정보가 샜다고? 불가능한 건 아니긴 하지만…….
우리가 부리는 요원 측 정보는 쉽게 샐 수 있는 게 아닌데?
그게 샜다는 게 뭘 말하는지 아나? 다른 정보도 샐 수 있다
는 거다."

"아마 요원 관련해서만 몇 가지 단편적인 정보가 샌 게 아
닐까요? 아니면 다른 파벌에서 우리를 견제하기 위해
서……."

"그건 가능성이 있긴 하군."

우샹카이는 속으로 한숨을 돌렸다. 간신히 그의 상관이 납
득을 해준 것 같았다. 어디에서 정보가 샜든, 다른 파벌에서
그들을 견제했든 그건 중요하지 않았다. 중요한 건 상관이
납득하고 넘어가느냐였다.

"그래서?"

"예?"

"앞으로는 어떻게 할 생각이지? 김수현은 여전히 피둥피
둥하게 잘 살아 있지 않나. 대책을 세워야지."

"어, 그러니까, 그게……."

우샹카이는 순간 당황해서 말을 머뭇거렸다. 대책은 무슨.
변명을 생각하는 것만으로도 바빴다. 그러나 지금 제대로
제안을 하지 못한다면 불호령이 떨어질 것이다.

'어떻게 하지? 뭐가 있지?'

요원을 다시 보내볼까? 아니, 멍청한 짓이었다. 김수현은 요원을 보내자마자 바로 잡아냈다. 다시 보냈다가 또 잡히기라도 한다면 그냥 끝나지 않을 것이다.

'그 자식은 대체 어떻게 알아본 거야?'

"없나?"

"바로 세워오겠습니다."

"이렇게 머리가 굴러가는 놈이 없다니. 내 속이 썩는다."

"정말 죄송합니다."

"어디 한번 세워 와보라고. 요원을 보내는 것보다는 그럴듯한 계획이었으면 좋겠군. 진뤄궁이 오면 오는 대로 나한테 보내고."

원래 일선에서 뛰는 초능력자들을 관리하는 건 그의 역할이었다. 그러나 그의 상관은 진뤄궁을 바로 보내라고 말했다. 직속으로 총애하겠다는 것이나 다름없었다.

우샹카이는 위기감이 치솟아 오르는 걸 느꼈다.

'이러다 진짜 밀려나겠군.'

무언가 돌파구를 만들기는 해야 했다.

"알겠습니다."

"잊을 뻔했는데, 요즘 너에 대한 말이 많더군."

"예?"

"사생활 말이다. 사생활! 내가 저번에도 조심하라고 하지 않았었나?"

"조심하고 있습니다!"

"그런데 내 귀에 왜 이런 이야기까지 들어와?"

'뭔 이야기가 들어간 거지?'

우샹카이는 긴장하고서 머리를 굴렸다. 무슨 이야기가 들어간 건지 알 수 없었다.

"우리가 아랫도리 놀리는 거 일일이 참견하지는 않지만 그것도 어느 정도까지야. 무슨 소리인지 알겠나? 선을 지키란 말이다, 선을!"

"예, 명심하겠습니다."

'지는 온갖 엽색 짓을 다 하는 놈이…….'

억울했지만 어쩔 수 없었다. 상대방은 상관이었으니까. 그나마 구체적인 건 안 올라간 것 같았다. 그냥 소문 정도였을 뿐.

"나가봐."

밖으로 나오자 고개를 숙이고 있는 여자가 보였다. 샤오메이였다.

"죄송합니다."

"쯧."

우샹카이는 불만 섞인 눈으로 그녀를 쳐다보았다. 갈굼은 언제나 내리갈굼이었다. 그의 상관이 그를 구박했으니 그도 그의 밑을 구박해야 이치에 맞았다.

그러나 샤오메이는 그보다 한 수 위였다.

"저 때문에 그런 말씀을 듣게 해서…… 정말 죄송합니다. 이거 얼마 안 되는 거지만……."

"어허, 이게 뭐 하는 짓이야?"

그러면서도 우샹카이는 재빠르게 손을 놀려 샤오메이가 내민 현금 칩을 낚아챘다. 솜씨가 빠른 게 거의 초능력자 수준이었다.

'벼룩의 간을 빼먹어라.'

샤오메이는 속으로 우샹카이를 욕했다. 우샹카이가 아무리 위에서 구박을 받아도 자리가 자리인 만큼 챙겨가는 건 그녀보다 몇 배 더 많았다. 게다가 이런 식으로 뒷돈을 받는 것까지 따진다면 어지간한 알부자는 부럽지 않을 정도로 돈을 모았을 것이다.

그러나 그럼에도 불구하고 우샹카이는 뇌물을 좋아했다.

'어쩔 수 없지.'

그녀가 일단 살아남으려면 뒷배가 필요했다. 우샹카이와 그녀는 일종의 공존 관계였다. 받은 만큼 우샹카이는 그녀를 변호해 줬다. 그걸 믿었기에 샤오메이는 이번처럼 과감한 후퇴가 가능했다.

"다음부터는 잘해. 안 그래도 위에서 보는 눈이 곱지 않다고."

"알겠습니다."

"김수현 상대할 방법, 생각해 봤나?"

"지금 고민하고 있습니다."

'도망치는 거 말고 있나?'

"고민만 하지 말고 답을 내놓으란 말이야!"

우샹카이는 상관한테 들었던 말을 그대로 돌려주고 있었다.

"기개 넘치게 부딪쳐서 싸울 각오를 해야지. 계속 그렇게 피하기만 할 거냐?"

'미쳤냐? 그 괴물이랑 정면으로 붙게.'

"죄송합니다."

"쯧. 이만 가 봐."

"예."

돌아오고 나자 부하들이 걱정스러운 표정으로 기다리고 있었다.

"어떻게 됐습니까?"

"어떻게 되기는 무슨. 다음부터 잘하란다."

"휴……."

부하들은 안도의 한숨을 내쉬었다. 일단 잘려 나가거나 처벌을 받지는 않는 모양이었다. 다른 건 몰라도 그들의 대장이 이런 면에서는 완벽했다. 현장에서는 불만이 생겨도 돌아오고 나서 처리하는 걸 보면 존경심이 싹틀 수밖에 없었다.

어느 상관이 자기 사비로 뇌물을 바치겠는가? 보통 부하들의 돈을 뜯게 마련이었다. 그러나 그들의 대장은 그렇지 않았다.

"그런데 하나 문제가 있어."

"예?"

"김수현 상대할 방법을 생각해 보라는데."

"몬스터로 발을 묶은 다음에 덤벼보는 건 어떻습니까?"

"아니면 함정을 매설한 다음 끌어들이거나……."

"야, 너희들이 1분 고민해서 나올 수준의 방법이면 김수현이 왜 이제까지 살아 있겠냐?"

그녀의 말에 부하들은 머쓱한 표정을 지었다.

"어떻게든 버텨보자고. 진뤄궁이 우리 쪽으로 올 거 같은데 그놈이 맡아주면 좋겠는데."

"진뤄궁이요?!"

"그 진뤄궁?!"

부하들이 눈빛을 반짝이며 좋아하자 샤오메이는 어이없다는 듯이 그들을 쳐다보았다.

"왜 너희들이 좋아해?"

"그 진뤄궁이 온다는데 대장은 아무런 기분도 안 듭니까?"

"총알받이 하나 더 생기고 좋네."

"우리 쪽에서도 손꼽히는 초능력자인데……."

"그래 봤자 알 게 뭐야. 죽을 가능성이나 높아지지. 가능하면 김수현은 잡아줬으면 좋겠다. 그놈 때문에 뭘 할 수가 없어."

샤오메이는 냉소적으로 말하고 걸어가 버렸다. 부하들은 그녀의 뒷모습만 멍하니 쳐다볼 뿐이었다.

"으아, 으아, 으아아!"

"싸울 때 꼭 소리를 질러야 하나?"

"죄송합니다!"

"아니, 죄송할 건 없고. 그쪽만 있을 때 소리 지르면 아마 동료들한테 죄송하게 될 거야."

엉성하게 싸우는 용병들을 보고 수현은 혀를 찼다. 그걸 본 구산이 눈빛을 빛내며 말했다.

"영 어설프군요."

"뭐, 처음 하는 사람들이 다 그렇죠."

수현의 말에 뒤에 있던 엉클 조 컴퍼니의 대원들이 움찔거렸다.

"처음 하더라도 잘하는 사람은 있습니다."

"그래요? 설마 그쪽을 말하는 건가?"

"기회를 주신다면 보여드리겠습니다."

수현이 보기에는 거기서 거기였다. 그런 상황에서 다른 동료들을 비웃으며 자부심을 부리는 구산이 웃겨서 비아냥댄 것이었지만, 구산은 오해한 모양이었다. 그는 호전적으로 주먹을 부딪쳤다.

"지금 해볼까요?"

"아, 예, 뭐. 해보시죠. 10분쯤 지나면 몬스터가 떼로 올 텐데."

"……??"

주변을 탐사하지도 않고 그렇게 말하는 수현의 모습에 구산은 당황해했다.

'그 김수현이 설마 허튼소리를 하지는 않겠지!'

"준비해라!"

수현은 하품을 하며 손짓했다. 엉클 조 컴퍼니 대원들은 뒤로 물러섰다. 구산과 그의 팀원들이 싸우기 위한 공간을 만들어주기 위해서였다.

"랩터입니다!"

'진짜잖아?!'

구산은 놀라서 수현을 쳐다보았다.

'대체 어떻게 잡아낸 거지?'

"왜 이쪽을? 설마 나를 쏘려는 건 아니겠죠?"

"아, 아닙니다."

구산은 고개를 돌려 달려드는 몬스터 무리를 쳐다보았다. 랩터 무리 정도야 그가 충분히 처리할 수 있었다. 좋은 기회였다. 다른 용병들과 다르다는 걸 수현에게 보여주고, 눈도장을 찍을 기회.

쾅!

구산이 주먹을 들어 땅을 후려치자 시끄러운 소리와 함께 땅이 솟구쳤다. 암석으로 만들어진 벽이 순식간에 생겨나자 달려드는 랩터들은 울부짖으며 멈췄다. 운 나쁜 몇 놈은 그대로 부딪혀 피투성이가 됐다.

'봤겠지? 이게 내 능력이다!'

'몬스터가 많은 곳에서 시끄러운 초능력을 쓴다. 흠, 머리는 장식으로 쓰는군.'

수현은 옆에 적당히 평평한 돌을 찾아 앉았다. 랩터 무리 정도에 그들이 밀리지는 않을 것이다. 명색이 초능력자인데.

멀리서 수풀을 헤치고 최재호와 진돗개 2팀이 나타났다. 한바탕 사냥을 했는지 그들의 얼굴에는 가벼운 피로감이 엿보였다.

"처리하고 오셨습니까?"

"예."

"그러면 잠깐 쉽시다. 저 사람들 사냥하는 거 구경이나 하죠. 좀 심하게 의욕적인데."

"그야 당연하죠."

"……?"

"헉."

최재호는 말실수를 했다는 표정을 지었다. 수현이 그걸 놓칠 리 없었다.

"뭡니까? 뭐가 당연하다는 거? 지금 저한테서 뭐 숨기는 거라도 있습니까?"

"아니, 그게, 어……."

"이거 많이 서운한데요. 최재호 씨, 우리가 나름 친한 줄 알았는데……. 그건 저만 그렇게 생각한 거였습니까?"

'우리가 언제 친했어!'

"그, 정말 별거 아닙니다."

"별거 아닌 거면 바로 말해주셔도 괜찮겠네요. 아니면 저와 척 지셔도 상관없다는 거로 알아듣겠습니다."

지위가 올라가도 수현이 하는 협박은 달라지지 않았다. 최재호는 고개를 푹 숙였다. 수현은 절대 저런 걸 허언으로 말하지 않았다. 정말 한다면 할 놈이었다. 그리고 최재호는 수현이 그러지 않아도 이미 충분히 불안한 상황이었다.

"제가 말했다고 하시면 안 됩니다."

"그야 물론이죠."

"사실은 정부에서……."

저런 짐 덩어리들을 수현의 손에 들려준 데에는 이유가 있었다. 단기간이었던 훈련도 훈련이었지만 정부는 이번 일이 끝나고 이들의 평가를 부탁할 생각이었다. 수현에게.

"그런데 그걸 왜 숨기죠?"

"미리 말했다가는 김수현 팀장님이 괜히 신경 쓸 수 있으니, 다 끝나고 나서 밝히고 물어본다고 하더군요."

"아, 그런 겁니까. 정말 별거 아니었네요."

"……."

최재호의 표정은 복잡했다. 원래라면 이런 역할은 그가 맡아야 할 일이었다. 그런데 이제는 수현이 맡게 된 것이다. 그가 같이 있음에도 불구하고.

'크흑……'

갑자기 서운함이 밀려왔다.

'그래서 저런 거였나.'

옆에서 최재호가 궁상을 떨고 있는 걸 무시하고, 수현은 용병들을 훑어보았다. 어쩐지 그에게 과도하게 어필을 하려고 한다 싶었다.

"어땠습니까?"

랩터 사냥을 끝낸 구산이 돌아와서 흥분된 목소리로 물었다. 얼굴에는 랩터의 피가 묻어 있었다.

"괜찮네요. 그럼 다음으로 가 보죠."

"예?"

"한 번 사냥한 걸로 지치셨습니까? 뭐, 그러면 쉬어도 괜찮습니다."

"아닙니다! 멀쩡합니다!"

"지친 것 같은데?"

"괜찮습니다!"

"저희도 싸울 수 있습니다!"

팀장들끼리 으르렁거리며 눈빛을 쏘아 보내는 게 서로 멱살이라도 잡을 기세였다.

그러거나 말거나 수현은 다시 한번 하품을 했다.

'이놈들 중 쓸 만한 놈들을 고르라고? 그냥 다 탈락시키면 안 되나?'

초능력자라는 것만 빼고는 만족스러운 게 하나도 없는 이들이었다. 랩터나 지옥악어 같은 놈은 잘 잡지만 그건 아무나 할 수 있는 일이었다. 카메론에서의 가치는 만약의 상황이 일어났을 때 얼마나 잘 대처하는지에 달려 있었다.

'돌아가서 비약이나 다시 한번 다뤄보고 싶군. 시간 낭비

하는 느낌이야.'

"그만. 자기들끼리 싸우라고 같이 온 거 아닙니다. 셋이 같이 힘을 합쳐서 싸워보시죠. 그래도 만약의 상황에서는 모자랄 텐데."

수현이 완곡하게 돌려서 말해줬지만 그들은 이해하지 못했다. 오히려 각자 자신 있는 태도로 어필을 해왔다.

"저는 혼자서도 할 수 있습니다. 다른 놈들하고는 다르다고요!"

"무슨……. 이번에는 저한테 기회를 주십시오!"

"잘됐네요."

"……?"

최재호는 벌떡 일어섰다. 그의 얼굴에는 아까까지의 우울함은 사라져 있고, 강적을 만난 긴장감만이 가득했다. 그 모습에 다른 팀장들도 고개를 돌렸다.

허공으로 나무가 솟구치고 있었다. 굉음과 함께 울부짖음이 들려왔다. 한 팀을 제외한 나머지의 얼굴들이 새파랗게 질렸다.

"각자 싸워보신다고 했던 것 같은데, 누가 가장 먼저?"

"지금 그런 소리를 할 땝니까!"

최재호가 이를 악물며 낮게 속삭였다. 수현은 어깨를 으쓱거렸다.

"좋은 상황 같은데요."

"저건 다른 몬스터가 아니라 캘커타 고릴라잖습니까!"

"그러니까 좋다는 거죠."

최재호는 수현을 설득하기를 포기했다. 아무리 수현이 마법사라고 해도 그거만 믿고 그의 목숨을 내팽개칠 생각은 전혀 없었다.

"모두 준비해라!"

캘커타 고릴라를 상대하기 위해 필요한 건 미친 듯이 날뛰는 놈의 발을 묶을 방법과 놈의 방어를 뚫고 대미지를 입힐 방법이었다. 후자는 초능력자들로 어떻게 한다고 쳐도, 전자는 만만치가 않았다.

캘커타 고릴라는 덩치와 근력만이 아닌 기동성도 갖고 있었고, 이런 놈을 잘못 상대했다가는 순식간에 진형이 붕괴하고 사상자가 쏟아져 나왔다.

이미 몇 번 놈과 싸워본 적이 있는 최재호는 캘커타 고릴라에 대한 공포가 깊숙이 자리 잡혀 있었다.

'젠장, 파워 아머를 들고 올걸 그랬군.'

파워 아머는 은밀하게 이동할 수가 없었다. 그 때문에 갖고 오지 않았는데, 지금 이렇게 발목이 잡힐 줄은 몰랐다. 기지 내에 있는 거라도 빌려서 갖고 올 것을.

최재호는 조용히 후회했다. 김수현까지 있는 팀이 있는데 괜찮겠지라고 생각한 게 실수였다.

'그런데 이것들은 왜 이렇게 태연한 거야?'

근본적으로 최재호는 수현에 대한 인식이 과거에 머물러 있었다. 그가 마법사로 각성했다고 하지만 그렇다고 해서 엄청나게 강해졌다고 생각하고 있지는 않은 것이다.

그러나 엉클 조 컴퍼니 대원들은 상황을 정확하게 인식하고 있었다. 그들의 팀장이 캘커타 고릴라 하나를 상대하지 못한다면 그들은 예전에 전멸했을 것이다.

"못 잡으면 저희가 상대해 볼까요?"

"잡을 수 있겠나?"

"중철이가 잠깐 앞에서 발을 묶고, 그사이에 인규가 저주 건 다음 서강석 씨가 중독시키면 어찌어찌 될 것 같습니다만."

"괜찮군."

"……?!"

최재호는 뒤에서 들리는 대화를 듣고 기겁했다. 이것들이 단체로 미쳤나? 김수현은 마법사라지만, 왜 자기들까지?

"신참들 실패하면 한번 해봐. 나 없이도 해보는 습관 들여야지."

"예!"

"어…… 제가…… 앞에…… 섭니까?"

구중철은 머뭇거리며 물었다. 순박하고 둔한 성격인 구중철도 이제 느리지만 할 말은 할 수 있게 변했다. 그러나 근본적인 성격은 여전했다.

"왜, 자신 없나?"

"저, 저렇게…… 큰 놈을……."

'그래, 그렇지! 제정신이 있는 놈이 하나는 있네!'

최재호는 무의식적으로 구중철의 말에 맞장구쳤다. 그러나 이 자리에는 그와 다른 생각을 가진 사람이 많았다.

"까짓것, 한번 해보죠."

"오, 용감하기도 해라."

구산은 질린 표정을 수습하고, 아까처럼 호전적인 태도로 멀리서 박살 나고 있는 숲을 노려보았다. 좋은 기회였다. 그가 여기 있는 다른 용병들과는 다르다는 걸 보여줄 기회.

"가자!"

얼마 지나지 않아 놈이 모습을 드러냈다. 특유의 위압감은 여전했다. 언제나 화가 나 있는 것처럼 느껴지는 강렬한 분위기. 구산은 놈을 노려보며 다시 한번 땅을 후려쳤다.

'막아라!'

일단 놈을 한 번만 막는다면 그 뒤로는 팀원들의 공격이 이어질 것이다. 그렇게만 한다면…….

콰직!

캘커타 고릴라는 주먹 한 방으로 암석 벽을 부숴 버렸다. 구산의 눈동자가 커졌다.

"어······."

졸지에 무방비로 드러난 구산과 그의 팀원들이 입을 벌렸다. 몇 명은 벌써 눈을 질끈 감았다. 캘커타 고릴라가 당장에라도 그들을 내려칠 것 같았다.

"쯧."

그걸 지켜보던 수현이 초능력을 사용했다. 강력한 공격이 캘커타 고릴라의 어깨를 그대로 뚫어버렸다. 생각지도 못한 공격을 받은 캘커타 고릴라의 눈이 이글거렸다.

쾅! 쾅!

나무를 뽑아 던져 댔지만 수현은 염동력으로 가볍게 튕겨 냈다. 고릴라는 낮게 그르렁대며 수현을 파악하려는 듯이 천천히 옆으로 걷기 시작했다.

"화난 것 같은데요?"

"보통 어깨가 뚫리면 누구든지 화를 내지."

"이번엔 제가 해보겠습니다."

"응?"

수현은 말을 꺼낸 이단성을 쳐다보았다.

"지금 저걸 보고서도?"

수현이 시간을 벌어준 사이 구산과 팀원들이 허둥지둥 거리를 벌리고 있었다. 자신 있게 나선 것치고는 비참할 정도로 슬픈 모습이었다.

"그래도 해보겠습니다."

"뭐, 해보시죠."

최재호의 속은 점점 더 타들어 가고 있었다.

이단성은 심호흡을 하고 앞으로 나섰다. 그는 바보가 아니었다. 나름의 속셈이 있었다.

'김수현 팀장은 방임하는 것처럼 보여도 상황을 통제하고 있어. 구산도 그랬듯이, 사상자가 나올 것 같으면 나서서 막을 거다. 그렇다면 그걸 믿고 할 수 있는 것만 보여주면 된다!'

만약의 상황이 닥치면 뒤에서 지원이 올 것이다. 그는 그걸 믿고 어필에 나서려 했다.

'한 놈은 머리를 쓰는 방법을 전혀 모르고.'

구산은 오메가에서 뭘 배워서 나온 건지 알 수 없을 정도로 머리를 쓰지 못했다. 카메론에서 저렇게 앞뒤 가리지 않고 덤벼들면 일찍 죽을 수밖에 없었다.

'한 놈은 쓸데없이 잔머리를 쓰는군.'

수현은 이단성이 무슨 생각으로 나선 것인지 훤히 읽고 있었다. 온갖 용병을 만나고 상대해 봤는데 모를 수가 없다. 뒤에 있는 그들을 믿고 나서는 게 분명했다.

쾅!

이단성은 폭발음과 함께 바닥에 구덩이들을 만들기 시작했다. 몇 개의 구덩이를 만들자 그의 얼굴은 창백해졌다. 다른 팀원들이 그를 부축해 물러서게 했다.

캘커타 고릴라가 무작정 돌격하면 함정에 빠뜨리기 위해서였지만, 수현은 고개를 저었다. 많은 사람이 쉽게 하는 착각이었다. 몬스터는 지능이 낮으니 쉬운 함정을 써도 걸릴 것이라는 착각.

몬스터는 특성이 같은 놈이 없었다. 다 각자만의 특성을 가지고 있었고, 함정을 쓰려고 한다면 그 특성에 맞춰야 했다. 사냥꾼이 괜히 몇 종류만 특정적으로 노리는 게 아니었다.

저런 식의 함정은……

"으아아아아!"

"둘 다 했는데, 한번 해보시겠습니까?"

"저…… 는 괜찮을 것 같습니다."

캘커타 고릴라가 아무리 흥분하면 머리가 돌아버리는 놈이라지만 저런 함정에는 속지 않았다. 수현은 김주영을 보고 물었지만, 김주영은 손사래를 치며 확실하게 부정했다.

"그러면 슬슬 처리하고 돌아가죠."

"……."

최재호는 뒤에서 미심쩍은 눈길로 쳐다보았다. 수현의 태도가 워낙 확고했기에 슬슬 그도 흔들리고 있었다. 게다가 방금 놈의 어깨를 꿰뚫은 공격도 매우 위력적이었다.

마법사로 각성하는 게 저렇게 여유를 부릴 정도로 강력해지는 것인가? 그렇다면 얼마나 강해진 것일까?

그러나 그가 그걸 확인할 상황은 나오지 않았다. 수현의 뒤에 있던 팀원들이 나서기 시작한 것이다.

"……!"

아까 말한 대로, 그들은 빠르게 움직였다. 예전에 봤던 어설픈 이들의 모습은 찾아볼 수 없었다. 구중철이 달려들어서 캘커타 고릴라의 다리에 태클을 걸자 놈이 움직임을 멈췄다.

그사이에 강인규가 저주를 걸었다.

"인규야, 제대로 좀 걸자!"

"……!"

팀원들은 그를 구박했지만 최재호는 놀라움을 감추지 못했다. 방금까지 쌩쌩하게 움직이던 캘커타 고릴라가 비틀거리며 넘어지려고 했다. 저런 식의 상태 이상 초능력은 흔히 볼 수 있는 게 아니었다.

게다가 캘커타 고릴라처럼 몸집이 큰 대형 몬스터는 보통 저항력도 더 강한데, 그런 걸 무시하고 바로 걸어버리다니…….

'그리고 저놈을 내가 넘겼지!'

그때는 아주 이득인 거래를 했다고 실실댔는데, 지금 보니 속이 더욱 쓰렸다.

최재호가 그러거나 말거나, 엉클 조 컴퍼니의 다른 대원들은 착실하게 절차를 밟아 나갔다. 감탄이 나올 정도로 정석적인 움직임이었다. 캘커타 고릴라의 발을 묶고, 저항력을 약화시킨 후, 공격을 퍼붓는다. 그렇게 강한 초능력 같지도 않았는데 놈은 저항하지 못했다.

'독을 썼나?'

캘커타 고릴라 정도 되면 독도 어지간해서는 통하지 않을 텐데, 용케 통하는 독을 발견한 모양이었다.

그렇게 캘커타 고릴라는 쓰러졌다. 예전에 그 고생을 해서 잡았다고는 믿기지 않을 만큼 순탄한 처리였다.

"⋯⋯."

그리고 최재호는 꼭 강인규에게 접촉해서 엉클 조 컴퍼니 내부에서 무슨 일이 일어났는지 묻겠다고 다짐했다.

"이번 사냥, 어떻게 생각하십니까?"

"실수가 조금 있었지만 나름 괜찮았다고 생각하는데요."

'양심이 없냐?'

수현은 어이없다는 표정으로 팀장들을 쳐다보았다. 귀찮

은 사냥과 처리를 끝내고, 그들은 기지로 돌아와 있었다. 조금 여유가 생기자 팀장들은 수현에게 찾아와 질문을 던졌다.

"캘커타 고릴라를 상대할 때 힘들어하셨잖습니까?"

"아니, 그건⋯⋯."

"그건 놈이 규격 외라서 그런 거고요⋯⋯."

"규격 외라니. 카메론에서는 그게 보통이죠. 지옥악어나 랩터 같은 건 보통보다 약한 경우고. 그런 걸 상대할 수 있어야 보통 아닙니까?"

자리에 앉아서 대답하던 수현은 저 멀리서 최재호가 강인규를 붙잡고 뭔가 말을 거는 것을 보았다. 그는 빙그레 웃었다. 최재호가 무슨 짓을 하려는지 짐작이 갔기 때문이었다.

예전에도 그랬지만, 최재호는 호기심이 많았다. 뭔가 관심이 가는 게 나오면 어떻게든 고개를 들이밀어서 확인을 하고 이익을 만들려고 했다. 그 버릇 때문에 그렇게 손해를 보고서도 그는 달라지지 못했다.

'예전의 강인규를 생각하면 큰코다칠걸.'

아마 강인규가 만만해서 접근한 거겠지만, 예전처럼 쉽지는 않을 것이다. 강인규가 성격은 여전히 유약해도 행동은 그렇지 않을 테니까.

"그, 다음에는 잡을 수 있을 겁니다."

"다음에는 잡을 수 있다니, 어떻게요? 다음에는 캘커타 고릴라가 약해져서 나옵니까? 다음에는 뭐 초능력이 강해져서 싸우나?"

"아, 아니, 그런 게 아니라……."

"쓸데없는 소리 하지 말고 가서 쉬세요."

수현이 손을 흔들며 가라고 하자 그들은 시무룩해져서 물러섰다. 혼자 남게 되자 수현은 상황을 다시 한번 돌아볼 수 있었다.

'주변에 날뛰던 몬스터들은 대충 처리했고, 인원은 사상자 없이 끝냈고……. 성공적이군. 돌아가면 되나.'

정부가 요청한 건 거의 다 해줬다고 봐도 좋았다. 신참들 중에서 평가를 해달라고 한 게 신경이 쓰였지만 그건 그의 의무가 아니었다.

'애초에 나한테 말도 안 해놓고 뭘…….'

솔직히 저 세 팀은 다 쓰기 애매했다. 적어도 그들에게 중요한 걸 믿고 맡기지 않을 것이다. 한 놈은 겁이 없고, 한 놈은 잔머리를 굴리고, 한 놈은 겁이 많으니.

그보다 신경 쓰이는 건 몬스터들의 출현이었다. 원래 이렇게 많이 나타날 놈들이 아니었다. 가짜 게이트 폭발 때문이라지만…….

'그래, 분명 뭔가가 있어.'

왜 기껏 수작을 부려놓고 도망쳤는지는 여전히 알 수 없었지만, 수현은 그렇게 결론을 내렸다. 아무리 말이 안 되더라도 다른 가능성을 다 지우고 남은 답이 하나라면 그게 답이었다.

누군가가 몬스터를 조종해서 기지를 의도적으로 파괴했다.

'가장 가능성 높은 건 중국인데……. 다시 한번 이를 드러내는 건가. 이 주변이 손 뻗기 쉽기는 하지.'

게다가 그들은 이미 한 번 전적이 있었다. 수현은 발을 탁자 위에 올리고 생각에 잠겼다. 수동적으로 기다리는 건 그의 취향이 아니었다. 언제나 공격은 최선의 방어였다.

'먼저 칠 방법이 없나? 지금 내가 갖고 있는 패가…….'

사기꾼 김종태가 마약으로 중독시킨 진뤄궁.

'얘가 어디 있는지도 모르니 지금 당장 쓰는 건 무리고.'

루이릴이 갖고 나온 우샹카이의 데이터베이스.

'이걸 좀 더 찾아봐야겠군. 쓸 만한 게 나올지도……. 돌아가면 다시 한번 확인해 보자.'

이번 몬스터 소란으로 어떻게든 변화가 생길 것이다. 그 변화를 예측하고 그에게 유리하게 이끌어야 했다. 수현의 머릿속은 벌써 다음 일 생각으로 가득했다. 출발하기 전 담당자가 말했던 휴식은 벌써 사라진 지 오래였다.

"팀장님이 저한테 뭘 해주셨는데 친한 척이십니까!"

"어, 어어?"

"제가 귀도 없는 줄 알아요? 아티팩트 대신 팔아넘긴 거다 압니다!"

"야, 그게 아니라……."

"야라니. 지금 제가 당신 밑인 줄 아십니까? 호칭 똑바로 하십시오. 바로 위에 항의 넣을 수도 있습니다."

"아니, 그러니까. 강인규 씨, 그게 아니라……."

"됐고, 친한 척하지 마시죠!"

저 멀리서 말싸움이 벌어지고 있었다. 강인규는 수현이 생각한 것보다 훨씬 더 거칠게 최재호를 대하고 있었다.

'하긴, 저 녀석도 사람인데 쌓인 게 있었겠지.'

강인규가 가버리자 최재호는 정말 당황했는지 뒤를 쫓지도 못했다. 팔을 뻗으려다가 멈춘 그는 수현과 눈이 마주쳤다.

"하, 하하……."

수현이 손을 흔들자 그는 어색하게 웃었다.

'설마 뭘 하려고 한 건지 눈치챈 건 아니겠지?'

"거기서 뭐 하십니까? 여기 와서 앉으시죠."

"아, 예……."

최재호는 어색하게, 쭈뼛거리며 조심스럽게 수현 앞에 앉았다. 지금 하려고 했던 걸 생각한다면 당당하게 있을 수가 없었다. 몬스터 사냥 이후로 수현이 얼마나 강력해졌는지 직접 실감하게 되자 더더욱 그랬다.

수현은 최재호가 앞에 앉자 사람 좋은 웃음을 흘리면서 기지 자판기에서 커피를 뽑아 왔다.

커피를 최재호 앞에 놓자 그는 더 움츠러들었다.

"왜 그러세요? 뭐 찔리는 짓이라도 하셨습니까?"

"아니요, 그럴 리가 있겠습니까?"

"그렇습니까? 그런데 무슨 이야기 하셨죠? 인규가 보통 저렇게 화를 내지는 않는데."

"그…… 안부 정도 물었는데, 저도 잘 모르겠네요."

"안부를 물었는데 화를 냈다고요?"

"예."

최재호는 최대한 떳떳한 표정을 유지하려고 애썼다. 실제로 사실이었으니까. 그가 뭘 제대로 물어보기도 전에 강인규는 역정을 내고 가버렸던 것이다.

"저런, 인규가 원래 그러지는 않는데. 제가 주의를 주죠."

"아, 아니. 그러실 것까지야……."

"사실 인규도 사람인데 쌓인 게 있을 수밖에 없죠. 인규가 우리 쪽에 오게 된 이유가 좀 그렇잖습니까? 아티팩트 대신 덤으로 받게 된 거나 다름없으니."

"덤이라니요. 그 무슨! 덤이 아니라, 아티팩트보다 인재

한 명이 더 중요하니…….”

“예, 예. 명목이야 어쨌든.”

최재호가 어떻게든 그럴듯하게 포장하려는 것을, 수현은 손을 뻗어 막았다. 지금 중요한 건 그게 아니었다.

‘그래, 어떻게 다들 각성했는지 궁금하다 이거지?’

수현은 이제까지 많은 질문을 받아왔었다. 대부분 ‘혹시 당신한테는 초능력자를 각성시키는 방법이 있는 게 아니냐’ 같은 질문이었다. 그리고 그 질문은 마법사인 것을 밝히고 나서 더욱 심해졌다.

마법사라는 특별한 존재는 사람들의 상상을 증폭시켰다. 과학 기술이 첨단을 달려도 미신은 사라지지 않았다. 아니, 카메론의 발견 이후로 더 심해진 것 같았다. 그래서 수현은 결심했다.

‘그렇게 믿고 싶다면 적당히 던져 주지.’

사기를 치지 않으려고 해도 속여달라고 애원을 하니 어쩔 수가 없었다.

“그냥 안부를 묻지는 않았을 테고, 안부를 물은 다음에는 뭘 물어보려고 하셨습니까?”

“예?”

“어떻게 각성했는지 물어보려고 하셨습니까?”

“아, 아니요. 그럴 리가…….”

"그래요? 난 또. 말씀드리려고 했는데. 아니라면 됐습니다."

"⋯⋯!!"

최재호의 손끝이 부르르 떨렸다.

'지금 이놈이 뭐라고 했지?'

그는 일어나려는 수현의 손을 급하게 잡았다.

"그렇지만 말씀해 주신다면 꼭 듣고 싶군요!"

"안 궁금하신 거 아니었습니까?"

"예전에는 저희 회사에 있었던 놈이잖습니까. 궁금할 수밖에 없죠!"

"최재호 팀장님이 다른 곳으로 넘어간 사람한테 관심을 가질 정도로 애정 넘치시는지는 몰랐군요. 뭐, 어려운 거 아니니 말씀해 드리죠."

최재호는 침을 삼켰다. 과연 어떤 방법을 말해줄까?

"대신 비밀은 지켜주셔야 합니다."

"물론이죠."

말은 누가 못하겠는가. 최재호는 바로 대답했다.

"최재호 팀장님, 카메론에서 성공하기 위해서 필요한 게 뭐라고 생각하십니까?"

"어⋯⋯ 개인의 능력 아니겠습니까?"

"그것도 그렇지만, 조금 더 자세하게 들어가서요."

"초능력의 강함?"

"맞는 말입니다. 그렇지만 개인의 강함은 한계가 있죠."

'그게 네가 할 소리냐?'

한계가 없는 강함을 보여줘 놓고 개인의 강함은 한계가 있다는 소리를 하니 어이가 없었다. 그러나 지금은 그가 을인 상황. 최재호는 조용히 입을 다물고 경청했다.

"저는 정보라고 생각합니다."

"정보. 중요하죠."

최재호도 동의했다.

"어디에 뭐가 있고, 어떤 몬스터의 약점은 무엇이고……. 그리고 이런 정보를 다루다 보면 필연적으로 한 가지에 도달합니다."

"……?"

"이종족이죠."

"아……."

"카메론 초기에는 대부분의 사람이 이종족들에게 관심을 가지고 배우려고 했었지만, 이제는 그런 경우가 거의 없죠. 대충 배울 거 다 배우고 알 거 다 알았으니 굳이 그럴 필요가 없다고 생각하는 겁니다. 그렇지만 저는 생각이 다릅니다. 이종족들이 갖고 있는 건 생각보다 훨씬 더 많거든요. 그들이 흩어져서 지내다 보니 제대로 분류가 되어 있지 않고 파악하기 힘들어서 그럴 뿐이죠."

"그런데 이 이야기는 어째서?"

"끝까지 들어보세요. 드워프, 엘프, 오크……. 다 나름의 교류가 있고, 친분을 유지하는 세력은 또 유지합니다. 여기서 뭐가 빠졌습니까?"

"다크 엘프?"

"바로 그겁니다. 다크 엘프. 저는 다크 엘프에 주목했죠. 인간과 교류가 적으니, 그만큼 우리가 아직 못 얻은 것도 많이 알고 있지 않을까?"

"……!!"

최재호는 무릎을 치려는 걸 참아야 했다. 그러고 보니 수현의 팀에는 나름 유명한 다크 엘프가 있었다. 보기 드문 다크 엘프가 마법사의 팀에 있다는 건 꽤나 눈에 띄었다.

'그래서 그런 거였나!'

"제 생각은 맞았습니다. 다크 엘프들이 알고 있는 비술은 생각보다 더 대단하더군요."

"……!"

사기는 아무렇게나 쳐서는 안 됐다. 상대방이 속아 넘어갈 수밖에 없게 쳐야 했다. 최재호도 카메론에서 잔뼈가 굵은 남자였다. 어지간한 거짓말은 바로 눈치를 챌 것이다.

그렇다면 그가 속을 만한 거짓말을 찾아야 했고, 그 답은

다크 엘프였다. 대부분의 인간에게는 생소할 수밖에 없는
존재.

"그, 팀의 다크 엘프가 알려준 비술입니까?"

"그 다크 엘프 덕분에 다른 다크 엘프 부족과 친해질 수
있었죠. 그 다크 엘프 부족은 여러 비술을 알고 있었고요. 다
른 대원들의 각성도 그 도움을 받았습니다."

입이 바짝바짝 마르는 느낌이었다. 최재호는 캔을 들어 입
술을 적셨다. 지금 그가 듣고 있는 정보는 천금의 가치가 있
는 정보였다.

"그렇지만 엄청나게 대단한 비술은 아닙니다. 물컵에 물
이 이 정도 차 있다면, 몇 방울 더해주는 정도?"

효과를 줄이는 수현의 말도 최재호에게는 일부러 겸손을
떠는 것으로밖에 보이지 않았다. 효과가 별거 아니라면 저
정도의 연속 각성이 일어날 리가 없었으니까.

'어떻게 해야 접촉할 수 있지? 방법이 없나? 김수현 팀장
밑의 다크 엘프한테 접촉했다가는 당연히 눈치를 챌 거고,
다른 방법으로 다크 엘프한테…….'

"이제 호기심이 좀 풀리셨습니까?"

"예? 예! 감사합니다. 이런 걸 말해주시다니……."

"사실 팀장님한테만 말씀드린 건 아닙니다."

수현은 마지막 작업에 들어갔다. 그의 의심을 풀어주기 위

해서였다. 지금이야 충격을 받아서 곧이곧대로 듣고 있었지만, 시간이 조금 지나면 의심이 생길 것이다.

이렇게 중요한 걸 나한테 그냥 말해준다고?

그걸 풀어줘야 했다.

"관련자한테는 이미 비밀리에 이야기를 끝낸 상태입니다. 분석에 들어갔고, 좋은 결과가 나오면 좋겠군요. 초능력 각성제라니, 꿈같은 이야기 아닙니까?"

수현이 여러 곳에 연줄이 있다는 건 이미 알고 있었다. 한국 정부뿐만 아니라 미국 쪽 대기업에도. 최재호는 그가 어느 곳에 분석을 맡겼는지는 굳이 묻지 않았다.

"정말 그렇습니다. 저는 그러면 이만……."

빠르게 사라지는 최재호를 보며 수현은 피식 웃었다.

'소문이 퍼지려면 며칠이나 걸리려나?'

돌아오고 나서 의외로 개발계획국은 수현에게 바로 평가를 묻지 않았다. 돌아온 건 감사 인사와 휴식을 취하라는 말 정도였다.

물론 수현은 한 귀로 흘린 다음 작업에 들어섰다.

"빌어먹을. 이런 건 다른 놈 시켜야 하는데."

예전 부하 중 곽현태가 이런 것에는 제격이었다. 그는 초능력자였지만 초능력은 별것 없었다. 수현이 그를 아꼈던 건 그의 두뇌 때문이었다. 다른 놈은 몰라도 그는 믿고 맡길 수 있었다. 분석하고 약점을 찾고 계획을 짜고……. 약삭빠르고 돈을 너무 밝히는 것만 빼면 완벽한 놈이었다.

'사실 그 정도는 단점도 아니지.'

그보다 더한 놈들이 수두룩한 이상, 곽현태 정도는 충분히 괜찮은 인재였다. 돈을 밝혀도 의리가 뭔지는 아는 놈이었으니까.

그러나 수현은 지금 혼자였고, 이 많은 데이터를 알아서 처리해야 했다.

하도 많이 봐서 그런지 눈이 따끔거릴 지경이었다.

데이터들을 넘기던 수현은 저번에 보고 껐던 항목을 켰다. 우샹카이의 벗은 몸이 나와서 질색을 하고 껐던 항목이었다.

"아, 새끼. 진짜 왜 업무용에 이런 걸 넣어가지고 사람을…… 위에서 이 자식 태만으로 안 잡아가나?"

흉측한 몸매를 찡그리며 넘기던 수현은 무언가 이상한 것을 발견했다. 우샹카이는 혼자가 아니었다. 사진과 영상에는 다른 여자의 모습도 있었다.

거기까지는 이상하지 않았다. 문제는 다음 파일로 넘겼을 때였다.

"한 명이 아니잖아……?"

같은 여자가 나오는 경우가 없었다. 계속 달라지는 여자의 얼굴에 수현은 혀를 내둘렀다. 대체 몇 명이나 있는 거지?

"팀장님, 뭐 하십니까?"

김창식이 기분 좋은 목소리로 문을 열고 들어왔다. 그리고 수현은 커다란 홀로그램 화면에 벌거벗은 남녀 사진과 영상을 켜놓고 있었다. 순식간에 분위기가 어색해졌다.

"어…… 저한테 말을 하시지. 좋은 곳 압니다."

퍽!

"억!"

"들어올 때는 노크하고 들어오라고 했지?"

"아, 이래서 노크를 하라고……. 악!"

"이 자식이 아직도 헛소리를. 잘 왔다. 이거 보면서 얼굴 체크 좀 해놔."

"예???"

김창식은 어이가 없다는 듯이 수현을 쳐다보았다. 물론 수현이 그의 상관이기는 했지만, 쉬는 시간에 야동을 보면서 나오는 배우를 찾으라니. 이 무슨 명령이란 말인가.

"아니, 이런 야동은 그냥……. 팀장님 정도 되는 분이 왜 이렇게 궁상이세요! 밖에 나가면 좋다는 여자가 널렸을 텐데!"

수현은 깊게 한숨을 쉬었다. 그리고 다시 한번 김창식의 뒤통수를 후려갈겼다.

"아악!"

"야동이 아니야, 이 자식아."

"그러고 보니 배우들이 좀 못생겼네요."

얼얼한 뒤통수를 문지르며 김창식이 고개를 끄덕였다. 수현은 여기서 나오는 우샹카이가 누군지를 설명했다. 그제야 상황을 파악한 김창식이 입을 벌렸다.

"섹스 스캔들?"

"몰라. 봐야 알지. 중국 쪽 공직이 엄격하기는 해도 거기도 다 적당히 부패한 곳이라, 우샹카이 정도의 자리면 원나잇한 걸로 타격을 입지는 않을 거다."

"엥? 그러면 이걸 왜 해요?"

"원나잇이 아닐 수도 있으니까."

이런 저장 매체에 넣어놨다는 것 자체가 이 자료가 유출되면 안 되는 자료라는 걸 증명했다. 그렇다면 단순한 원나잇의 기념이 아닐 가능성이 컸다.

"우샹카이는 꽤나 높은 자리에 있는 놈이야. 인맥이 그 주변으로 형성되겠지. 저기 나오는 여자들은 다들 어느 정도 나이가 되는 여자들이고. 뭔가 잡히는 게 없나?"

"불륜……. 지금 당장 찾겠습니다!"

김창식은 의욕적으로 얼굴을 잘라서 따로 데이터화했다.

수현은 행성관리부 데이터베이스에 접근 권한이 있었다.

어차피 수현이 찾으려는 건 비밀 임무를 맡은 비밀 요원이 아니라, 공적인 자리에 있는 사람이었다. 이 정도는 이런 검색으로도 충분했다.

몇 분 후, 결과가 나왔다.

"일단 세 명 나왔는데요."

"켜봐."

"한 명은 카메론 성 정부 당위원회 위원의 아내고, 다른 한 명은 업무위 쪽 직원 아내, 마지막 하나는 중앙개척부 소속인 것 같은데, 이 사람도 결혼은 했네요. 남편이 있어요."

수현은 김창식의 어깨를 천천히 두드렸다.

"아주 잘했어."

"이, 이걸 어떻게 하실 겁니까? 고발? 투서?"

"……?"

수현은 김창식을 한심하다는 듯이 쳐다보았다.

"우리나라도 아닌데 이걸 내가 왜 고발해?"

"그러면요?"

"잘 다듬어서 써먹어야지."

벌컥—

"둘이 뭐 해?"

"……앞으로는 문 위에 노크하라고 써둬야겠군."

루이릴은 들어왔다가 표정이 굳었다. 바로 문을 닫고 나가려는 걸 붙잡고 수현은 빠르게 상황을 설명했다.

"아아, 그런 거였구나. 난 또······."

"뭘 상상을 했는지 궁금하지만 그건 나중에 들어보고. 루이릴, 넌 중국 쪽에 꽤나 많이 들락날락했을 텐데, 우샹카이한테 접촉할 수 있나?"

"어? 그건 무리지. 중국에 인맥이라고 해봤자 다 약간 불법적인 사람들밖에 없는데."

"그래?"

수현은 알겠다는 듯이 고개를 끄덕였다. 그녀가 갑자기 나타나서 물어본 것이었지, 애초에 기대를 하고 한 질문은 아니었다.

'공적인 행사에 참여해야 하나?'

안 보이는 곳에서는 싸우지만, 공적인 자리에서는 게이트 관련 국가들은 나름 친하게 지냈다. 그리고 그런 자리는 수현이 쉽게 참가할 수 있었다.

'지금 중국 주변 지역으로 가는 건 불확실하고 너무 주목을 많이 받을 테니까······ 직원에게 부탁해서 우샹카이와 접촉할 기회를 만들어 봐야겠군.'

수현은 조용히 생각에 잠겨 있었지만, 그건 루이릴에게 다른 방향의 압박으로 작용한 모양이었다. 그녀는 수현의 눈치를 보다가 급히 입을 열었다.

　"한, 한번 해볼게!"

　"응? 됐어. 굳이 위험하게 뭐하러. 공식적으로 불러내서 접촉하자고."

　"……."

46장
과거에 했던 행동(1)

루이릴의 표정이 시무룩해졌다.

그걸 본 김창식이 쯧쯧거렸다. 살면서 김창식 같은 놈한테 안쓰럽다는 시선을 받을 거라고는 상상도 못 해본 수현은 어이가 없다는 듯이 김창식을 쳐다보았다.

"미쳤냐?"

"아, 아니, 팀장님은 정말 알 방법이 없는 것들은 아시면서 왜 답이 뻔히 보이는 건 모르시나 해서요."

"헛소리하지 말고, 일 다 끝냈으면 가서 트레이닝이나 해. 요즘 초능력 트레이닝은 하고 있나?"

"제 거 해서 뭐……."

수현의 눈동자가 번쩍이자 김창식의 입이 다물어졌다.

"쓸모가 있겠죠! 하러 가겠습니다."

김창식이 후다닥 사라지자 루이릴이 잠시 망설이다가 다시 입을 열었다.

"진짜 할 수 있을 것 같은데."

"아니, 괜찮아. 널 못 믿어서가 아니라 그냥 그럴 필요가 없어서 그런 거라고. 내가 불리한 위치에 있는 것도 아니고, 유리한 위치에서 협상을 하는 건데 뭐하러 그런 위험을 감수해? 우샹카이가 호구 같은 놈이기는 해도 완전히 호구는 아니야. 게다가 그 주변에는 만만찮은 놈들이 있을 거고. 필요한 게 아니면 굳이 그 주변에 가서 위험을 무릅쓸 필요는 없어."

"걱정해 주는 거야?"

"그렇지. 필요한 일이면 네가 싫다고 해도 내가 시키지 않나? 고생을 사서 할 필요는 없어. 넌 이거 가져온 것만으로도 충분히 값을 했으니까."

루이릴의 얼굴색이 밝아졌다. 처져 있던 귀가 올라가고, 평소처럼 표정에 오만함이 섞인 자신감이 다시 돌아오자 수현은 바로 말을 덧붙였다.

"그렇다고 해서 또 멋대로 훔치지는 마라."

"그, 그런 생각 안 한다니까. 그보다 내가 안 간다면 부를 거야?"

"부르거나 참석하거나……. 둘 중 하나겠지. 공식적으로 참석하는 자리니만큼 뒤에서 뭔가 하지는 않을 거야. 마음 놓고 편하게 참석해도 되는 자리지."

"나도 가도 돼?"

수현의 눈이 가늘어졌다.

"내가 훔치지 말라고 방금 말했는데……."

"안 훔칠게!"

"그러면 마음대로 해. 같이 참석하는 사람은 있어도 별 상관없겠지."

불편하다거나 시선이 쏠릴 것 같다는 이유로 거절할 줄 알았는데, 수현은 의외로 선선히 수긍했다. 루이릴은 놀라서 물었다.

"정말? 말 바꾸기 없기다?"

"어차피 시선은 충분히 모일 텐데, 네가 같이 참석해 주면 시선을 조금 돌릴 수 있을지도 모르겠군."

행사에 참석한다면 수현은 한국 쪽 일개 수행원으로 참석하는 게 아니었다. 그런 위장이 통할 리 없었다. 대부분이 그의 얼굴을 알 테니까.

당연히 마법사의 신분으로 참석할 것이고, 어지간한 시선은 다 몰릴 게 분명했다. 만약 루이릴이 옆에 있어준다면 시선을 조금 돌릴 수 있을지도 몰랐다.

여전히 이종족은 흥미와 관심의 대상이었고, 루이릴은 그 속과는 상관없이 겉모습은 미인이었다. 게다가 수현과 같이 다니는 엘프니, 사람들의 호기심은 증폭될 게 분명했다.

"계산기 같은 자식."

"응?"

"아무것도 아니야."

"아, 그리고 보니 너한테 물어볼 게 있었는데."

"뭐? 뭔데? 뭐든지 물어봐."

루이릴은 금세 신이 나서 반응했다.

"이소희 대원 있잖아. 순간이동 다루는 게 어느 정도야?"

"……."

수현이 묻는 데에는 물론 이유가 있었다. 순간이동은 초능력 중에서도 희귀했고, 다루기 까다로운 초능력이었다. 각성한 지 얼마 안 된 사람은 능숙하게 다루지 못한다는 사례가 꽤나 보고될 정도로.

실제로 이소희도 순간이동을 제대로 다루지 못했고, 수현도 이번 임무에서는 그녀의 순간이동을 금지시켰다. 숙련되지 않은 상황에서 사용하는 건 자살행위나 다름없었다.

'순간이동 능력자가 두 명이면 정말 편하겠는데.'

그러나 루이릴의 표정은 차갑게 가라앉을 뿐이었다. 그녀는 입이 삐죽 나와서 말하기 시작했다.

"최악이야. 순간이동은 무엇보다 이동할 때 빠르게 좌표를 파악하고, 거기로 몸을 옮겼을 때 균형을 유지하는 감각이 중요해. 그런데 이소희 대원은 좌표 파악하는 것도 느리고 옮겼을 때 균형도 제대로 유지 못 해. 익숙해지려면 한참 멀었네!"

"그래?"

"······?"

수현의 반응이 생각했던 것과 다르자 루이릴이 고개를 갸웃거렸다. 조금 더 반응이 격할 줄 알았는데?

'상관없나? 내가 더 뛰어나다는 것만 알면 되니까?'

"네가 그렇게 정확하게 파악하고 있을 줄은 몰랐는데. 생각보다 훨씬 더 관심을 가지고 있었군."

"어? 어?"

"그러면 부탁할게. 이소희 대원 훈련 좀 시켜줘. 순간이동 같은 건 워낙 희귀해서 어디서 강사를 구해올 수도 없는데, 마침 잘됐네."

수현은 루이릴의 어깨를 툭툭 치고는 나가 버렸다. 자기가 판 함정에 넘어간 꼴이 된 루이릴은 어안이 벙벙해져서 말을 더듬었다.

"그, 그게. 난 가르치는 거 자신 없는데?!"

"방금 말하는 거 보니까, 아니야. 넌 충분히 재능 있어."

복도를 걸어가는 수현의 뒤를 쫓아가며 루이릴은 어떻게든 빠져나가려고 했다. 그러나 수현은 흔들림이 없었다.

"잘해봐."

"……."

혼자 남은 루이릴은 깊고 무겁게 한숨을 내쉬었다.

이소희를 싫어하는 건 아니었다. 다만 대하기 까다로울 뿐. 엉클 조 컴퍼니 내부의 사람들을 크게 나눈다면 가장 대하기 까다로운 수현과 서로 데면데면하게 지내는 이종족들, 그리고 엘프에게 환상을 품고 떠받들 듯이 대하는 대원들과 이소희처럼 공적인 태도로 진지하게 대하는 대원들이다.

'으으, 진짜 질색인데……. 김수현은 농담이나 통하지. 바늘로 찔러도 피 하나 안 나올 것 같던데…….'

그러나 어쩌겠는가. 스스로 판 무덤인 것을.

루이릴은 축 처진 어깨로 발걸음을 옮겼다.

"군더더기 하나 없는 일처리, 정말 감탄만 나올 뿐입니다. 우리 개발계획국, 아니, 국민들이 평양에서 마음 놓고 편하게 지낼 수 있는 건 다 김수현 팀장님 같은……."

수현은 무표정하게 손목에 찬 시계를 쳐다보았다. 그걸 본 국장이 의아하다는 듯이 물었다.

"약속 있으십니까?"

"아니요. 무의미한 칭찬을 얼마나 길게 하시는지 궁금해서 한번 재보려고 했습니다."

"……."

국장은 고개를 푹 숙였다. 수현은 피식 웃으면서 말했다.

"칭찬은 들어서 나쁠 건 없죠. 하지만 제가 그거 하나 듣거나 안 듣는다고 해서 행동이 달라지지는 않잖습니까? 그러니 시간을 아껴서 본론으로 들어가죠. 최재호 팀장이 그러던데, 저한테 평가를 맡기려고 하셨다고요?"

"예? 그 사람이……. 비밀로 해달라고 했는데."

졸지에 또 평가가 내려간 최재호였다.

"아니, 제가 눈치를 채고 물은 겁니다. 부담 안 주려고 했다니 이해는 합니다만 군이 저한테 맡길 이유가 있었습니까?"

"그러면 누구한테 맡깁니까?"

국장은 진심으로 궁금하다는 듯이 물었다.

"그 자리만 해도 최재호 팀장 같은 사람이 있었는데요?"

"김수현 팀장님이 있는데 최재호 팀장 같은 사람한테 맡기는 건 조금……. 실수가 많은 사람이잖습니까. 특히 사람 보는 눈에 대해서는 더욱. 저도 귀가 있습니다."

국장은 자신의 귀를 가리키며 속삭이듯이 말했다.

'최재호, 어쩌다가 이렇게 됐냐.'

수현과 만나기 전만 해도 사람 보는 눈이 귀신같다던 소리를 듣던 그가 어디까지 추락하는지 알 수 없었다.

"다음부터는 그냥 그 사람한테 맡기세요. 보는 눈이 그럭저럭 괜찮은 사람이니까."

"으음…… 김수현 팀장님께서 그렇게 말하신다면야……."

그러나 국장은 입과는 달리 여전히 탐탁찮은 표정이었다.

'초능력자를 다른 회사에 넘기는 얼간이 눈을 믿어야 하나?'

"그래서 이번 일은 어떠셨습니까?"

"다 마음에 안 들던데요."

직설적인 수현의 말에 국장은 민망하다는 듯이 웃었다.

"김수현 팀장님 눈에는 다 안 찰 거라고는 생각했습니다."

"아니, 제 기준이 높고 낮고를 떠나서 그냥 실력이 구리던데."

국장은 수건을 들어 땀이 나오는 이마를 닦았다.

"그게 어쩔 수가 없습니다. 드래곤 슬레이어 프로젝트 때문에 만들어진 공백을 빠르게 보충해야 하는데, 그러려면 조금 모자라더라도 신인들을 밀어줄 수밖에 없거든요. 정말 다 쓸 수 없을 정도였습니까?"

"셋 중 정말 딱 하나를 골라야 한다면, 김주영이 낫겠죠."

"그다음은요?"

"이게 뭐라고 순위를 매겨요? 다음은 이단성. 그리고 정말로 안 쓸 놈은 구산 정도."

"으음……."

개발계획국 내에서 매긴 평가는 수현과 정반대였다. 오메가에 소속되어 있던 괜찮은 초능력자인 구산은 가장 고평가였고, 그다음이 판단력 좋은 이단성. 마지막이 조금 결정력이 떨어지는 김주영이었다.

"혹시 이유를 물어봐도 되겠습니까?"

"초능력이 조금 세다고 거들먹거려 봤자 정말 특급이 아닌 이상 별 의미 없으니 전력에서 논외로 치고, 김주영은 가장 겁이 많아요."

"……?"

"가장 겁이 많은 놈이 가장 오래 살죠. 임무 할 때도 마찬가지고."

"어…… 겁이 많으면 아무래도 힘들지 않겠습니까?"

"겁만 많으면 당연히 안 되죠. 어느 정도는 과감해야 하는데, 그래서 내가 셋 다 쓰기 힘들다고 했잖습니까? 억지로 하나 골라줬더니 무슨……."

"아, 아닙니다. 더 말씀해 주세요."

"이단성은 머리는 괜찮게 굴리고 겁도 있는 것 같은데

잔머리를 굴립니다. 혼자 성장하는 거면 상관없는데 정부 쪽 일 맡아서 하는데 잔머리를 굴리면 귀찮아질 가능성이 높죠."

"……구산은요?"

"초능력은 그나마 쓸 만하긴 한데 너무 겁이 없고 오만합니다. 혼자 있을 때 사고를 치면 혼자 죽으면 되는데, 같이 작전을 할 때 사고를 치면 다 같이 죽으니 문제죠. 큰 사고 치기 딱 좋습니다."

"으음…… 알겠습니다. 참고하겠습니다."

"정부 직속 팀을 다시 꾸미시려고요?"

"글쎄요. 지금 상황에서는 솔직히 잘될지 모르겠습니다."

국장은 고민이 된다는 듯이 한숨을 내쉬었다.

"믿을 만한 게 김수현 팀장님밖에 없다는 건 아부가 아니라 진심으로 한 말입니다."

"쓸 만한 인재 구하기가 힘들기는 하죠. 거기다가 정부와 친하게 지낼 만한 인재라면 더더욱."

뼈가 있는 수현의 말에 국장은 쓰게 웃었다.

"한국은 인재풀이 너무 좁아요. 러시아, 중국, 미국, 다 기본 단위가 1억인 나라들인데……. 다른 곳은 초능력자들이 화수분처럼 쏟아져 나온다지만 우리는 아니라고요. 그런데 이중영 대령은 초능력자들 목에 목줄을 씌워야 한다고 주장을 하고 있으니······. 더 어이없는 건 이 사람 주장에 찬성하는 의원이 몇 명 있다는 겁니다."

"시민들이 혹하기는 하겠죠. 몬스터 습격 사건 같은 게 터졌으니 더더욱."

"적당히 인기를 끌려는 거죠. 더러운 놈들. 그놈들은 싸지르고 입 닦으면 끝이지만 그 뒷감당은 다 우리가 해야 한단 말입니다! 초능력자 목에 목줄을 씌우면 가만히 있는답니까? 당장 미국으로 빠져나갈 텐데······. 그렇게 등 안 떠밀어도 괜찮은 인재들이 다들 미국으로 스카우트되는 바람에 골치 아프단 말입니다!"

"어쩔 수 없죠. 그게 자유민주주의 국가 아닙니까?"

국장의 고개가 푹 숙여졌다. 그는 천천히 입을 열었다.

"그래도 팀장님은 떠나지 않으셨잖습니까."

"저야 이 나라를 너무나도 사랑해서······."

"······."

"······는 아니고, 미국 가서 장기말, 아니, 체스말로 굴려지느니 여기서 장기를 두려고 남은 거죠."

어찌 보면 노골적인 말이었지만 국장은 아무런 비난도 하지 않았다. 수현은 저런 말을 할 자격이 있는 위치였다.

"김수현 팀장님, 팀장님이 장기를 두시려면 필요한 게 있습니다."

"이중영 같은 사람이 판을 흔들지 못하도록 막는 것 말이십니까?"

"……정말 잘 아시는군요."

수현이 손을 내밀었다. 그 뜻을 알아챈 국장은 수현의 손을 붙잡았다. 수현은 가끔 두려울 정도로 그 바닥을 알 수 없는 인물이었지만, 이런 사람일수록 같은 편일 때 든든함은 배가 됐다.

"이중영 관련해서는 최대한 협조해 드리죠. 그에 관해서는 믿으셔도 좋습니다."

"든든할 뿐입니다."

국장이 굳건히 그 위치에 서서 이중영을 견제하는 건 수현에게도 필요한 일이었다. 이중영 같은 과격파가 실적을 올리고 자리를 얻어 판을 흔드는 건 막아야 했다.

'내가 만든 어장에서 미꾸라지 같은 놈이 장난을 치게 둘 수는 없지.'

"그런데 국장님, 제가 말한 건 준비가 됐습니까?"

"아, 그거요. 네, 마침 적당한 자리가 있을 것 같습니다. 조촐하지만 국제적인 행사니 초대하기도 팀장님이 참석하기도 어렵지는 않을 겁니다. 다만 팀장님, 이건 공식적인 자리라서……."

"저도 압니다. 거기서 누구를 죽이거나 하는 일은 없을 겁니다. 그저 대화만 할 겁니다."

"대화를 하려고 그렇게 크게 일을 벌이는 건 드무니 말입니다. 어쨌든 대화만 하신다면 괜찮겠죠. 준비되는 대로 연락을 드리겠습니다."

수현은 별생각 없이 고개를 끄덕이며 물었다.

"그런데 무슨 자리죠?"

"그게 아마, 언어학 관련 국제 발표회였는데……. 그러고 보니 우리 쪽 발표가 팀장님하고 관련이 있는 발표입니다."

"……?"

국장의 말을 듣고 수현은 처음에는 바로 이해하지 못했다.

'무슨 소리지?'

"기억 못 하실지도 모르겠군요. 예전에 카크리타 계곡에서 생긴 문제를 해결해 주셨잖습니까?"

"아……."

수현의 표정을 본 국장이 다시 설명해 주자 그제야 기억이 떠올랐다. 카크리타 계곡. 유령 계열의 몬스터들이 있었고, 그걸 수현의 팀이 처리했었다. 안에는 아티팩트와 분명…….

'그 구슬이 있었었지.'

아직까지 정체를 모르고 있는 구슬이 있었다.

"단순히 문제를 해결하는 게 아니라 그 안의 문자들을 전부 기록으로 남겨서 갖고 나오셨었죠. 그걸 보고 저희 쪽 연구자들이 감탄했었습니다. 보통 이 정도로 세세하게 기록으로 만들어주는 팀이 드물거든요. 다들 벽화나 문자에는 관심이 없으니까요."

"뭐, 그렇긴 하죠."

그때 수현은 환심을 사기 위해서 가능한 방법을 다 하고 있었을 때였다. 유적지 내부를 전부 촬영한 것도 그 일환이었다.

"덕분에 연구에 큰 도움이 되었습니다. 이번에 발표하는 건 그 벽화에 새겨진 문자와 관련된 발표라고 들었습니다. 김수현 팀장님이 참석하실 이유로도 적당하니 더욱 좋지 않겠습니까?"

"그건 그렇군요."

"말씀하신 대로 오해받지 않게 초대장을 여럿 돌렸습니다. 다만 문제는 이게 강제성이 있는 게 아니라서……."

"안 오면 어쩔 수 없겠죠. 그 정도는 알고 있습니다. 저도 그런 문제까지 해결해 주기를 바라지는 않아요."

그러나 수현은 우샹카이가 올 가능성이 높다고 생각했다. 일단 그가 참석하는 자리였으니까. 공식적인 자리에 수현이 참석하는 경우는 많지 않았다. 우샹카이가 개인적으로 참석하기 싫어하더라도 위에서 명령할 가능성이 높았다.

'꼭 참석해서 얼굴 좀 보자고.'

"그런데 팀장님, 우리 관리정책과 과장은 만나보셨습니까?"

"아, 조민욱 과장이요. 만나봤습니다만."

국장은 고개를 절레절레 저었다.

"별로 효과가 없었나 보군요."

"예?"

"캘커타에 갔다 오신 지 얼마나 됐다고 바로 다음 일을 준비하고 계시잖습니까."

"아, 그런 뜻이었습니까. 뭐, 이번 일 끝나고 쉬죠."

수현이 말하는 건 전형적인 중독자의 말이었다. '한 번만 하고 쉴게' 같은 말을 하는 수현을 보고 국장은 속으로 혀를 내둘렀다.

'나이도 젊은 사람이 대체 왜 이렇게 일중독일까?'

물론 그 생각을 밖으로 내뱉을 생각은 조금도 없었다. 효과가 안 나오면 조민욱 과장을 구박해야지, 수현을 구박해서는 안 됐다.

얼마 지나지 않아 수현은 연락을 받았다. 우샹카이가 자리에 참석한다는 연락이었다.

"어때, 괜찮아 보여?"

"괜찮아 보여. 그보다 꽤나 익숙해 보이는데?"

"이런 자리에는 몇 번 참석한 적이 있지."

루이릴은 제자리에서 빙글 돌았다. 화려하지는 않지만 한눈에 봐도 고급스럽게 만들어진 옷이라는 걸 알 수 있었다.

"그 '취미' 때문에?"

"아니라고 하고 싶지만, 응. 매번 검은 천으로 온몸을 둘러싸고서 회장에 들어가는 건 아니라고. 도둑질은 단순한 게 아니야. 상황에 맞춰서 유기적으로 바꿔가며 무엇보다 완성도 높게……."

"아, 예."

"……최소한 이쪽을 보고 들어줄래?"

"예나 지금이나 정장은 답답하군."

"예전에는 언제 입어봤는데?"

'아차.'

"별거 아니야. 그보다 훈련은 어떻게 되어가고 있어?"

질문을 들은 루이릴의 표정이 어두워졌다. 그걸 본 수현은 훈련이 잘 안 되고 있나 싶었다. 그렇지 않으면 저런 표정을 지을 이유가 없으니까.

"잘 안 되나? 괜찮아. 부담 가지지 말고 천천히 해."

"아니, 잘되어 가고 있어. 너무 잘돼서 문제지……."

"……?"

"아마 다음 일에는 초능력을 써도 될 정도야. 정말 잘 익히더라고…….."

"그런데 표정이 왜 그래?"

"내 표정이 뭐가 어때서. 즐거워서 어쩔 줄 모르는 표정인데?"

"그 표정이?"

어쨌든 수현은 더 이상 묻지 않았다. 잘되어 가고 있다면 별로 문제는 없었으니까.

이소희는 뛰어난 초능력자가 되기 위한 소질을 대부분 갖추고 있었다. 끈기, 지능, 체력, 냉정함……. 기대했던 대로 성장하는 대원들은 수현의 즐거움 중 하나였다.

"자, 몇 번 말했지만 마지막으로 주의 사항을 다시 말할게."

"안 훔친다니까……."

"그래, 알겠으니까 다시 들어. 공식적인 자리니까 사고 치지마. 공식적인 자리니까 사고 절대 치지 마. 공식적인 자리니까 사고 절대로, 절대로 치지 마. 알겠어? 손 간수 잘하라고."

"알겠다고……!"

"그래, 그러면 들어가자고."

국장이 붙여준 직원의 안내를 받아 회장 안으로 들어가자 모두의 시선이 순간 모였다.

단순히 엘프인 루이릴과 같이 들어와서가 아니었다. 회장 안에는 다른 이종족들도 몇 명 있었다. 인간들과 같이 연구하는 이종족은 숫자가 적지만 희귀하지는 않았다.

"저 사람이 그……"

몇 번 경험해 본 시선과 반응이었다. 연구자가 많아서 그런지 조금 더 다른 느낌의 시선이었지만 크게 다르지는 않았다.

"와주셨군요, 김수현 씨!"

"안녕하세요?"

"김정현입니다. 쟁쟁한 분들 앞에서 부끄럽지만 오늘 제가 발표를 맡게 됐습니다. 오신다고 말은 들었지만 정말 오실 줄은 몰랐습니다!"

"보통 온다고 말을 하면 오지 않습니까?"

"높으신 분들이 행사에 참석한다고 말을 해놓고 안 오실 때가 많거든요. 사실, 이런 발표를 누가 듣고 싶어 하겠습니까? 저희 같은 연구자들이나 좋아하는 거죠."

"아뇨, 저도 좋아합니다. 무슨 내용이 나올지 궁금한데요."

"정말이십니까?!"

"예, 카메론에서 돌아다니다 보면 이종족들에 대한 건 흥미를 안 가질 수 없죠."

수현 정도 되는 사람이 진지하게 흥미를 가져주자 김정현의 눈빛이 반짝였다. 그는 손짓으로 저 멀리 있는 사람을 불렀다. 작은 키의 드워프가 콧수염을 매만지며 달려왔다.

"이 친구가 호르얀입니다. 이번 연구에서 많은 도움을 줬죠. 국내 최고의 언어학자 중 하나라고 해도 과언이 아닙니다."

"최고는 무슨……."

호르얀은 부끄럽다는 듯이 고개를 돌렸다. 그의 얼굴은 살짝 붉어져 있었다. 칭찬에는 익숙하지 않은 모양이었다.

그러거나 말거나, 수현은 발표 내용을 궁금해했다. 그가 갖고 있는 구슬은 천연 아티팩트 중에서도 매우 이질적인 아티팩트였다.

정체가 뭔지 아직까지도 파악하지 못한 상태였고, 솔직히 앞으로도 가능성이 높아 보이지는 않았다. 알아내기 위해서는 이걸 공개해야 하는데, 이런 귀중품은 공개하는 순간 문제가 꼬이게 마련이었다.

'혹시 힌트라도 있으면 좋겠군.'

유적지에 있는 벽화나 문자가 언제나 쓸모 있는 건 아니었다. 사실, 대체로 쓸모없을 때가 더 많았다. 그래도 기대할 곳은 여기밖에 없었다.

"그래서, 벽에 새겨져 있던 게 무슨 뜻이었습니까? 돌아다니면서 꽤나 궁금했었는데."

"아, 여기 오늘 발표 자료입니다."

수현은 태블릿 PC를 받아 홀로그램을 빠르게 넘겼다. 워낙 방대해서 한눈에 알아볼 수가 없었다. 그걸 눈치챘는지 김정현이 웃으면서 설명하기 시작했다.

"다 읽으시려면 너무 길고 지루할 겁니다. 궁금한 걸 물어보시면 제가 대답해 드리죠."

"그 벽화와 글들은 왜 새겨져 있던 겁니까?"

"공양, 기념, 추모…… 그런 걸로 보시면 될 겁니다."

"역시 무덤이었습니까?"

무덤은 유적지 중 흔하게 볼 수 있는 타입이었다. 이종족들의 귀중품이나 아티팩트까지 찾을 수 있으니 탐험가라면 모두 좋아했다.

"아뇨, 관점에 따라 무덤이라고 볼 수 있기도 한데…….
무덤이랑은 조금 다릅니다."

"어떻게 다르죠?"

"보통 무덤은 부족 내에서 적당한 위치를 가진 사람이 죽었을 때 만들어지는 경우가 많습니다. 안에 찾아보면 대체로 시체가 나오죠. 그런데 김수현 씨가 찾으신 유적에는 보존된 시체가 없었어요. 그것 때문에 흥미가 생겨서 조금 더 조사를 해봤는데, 흥미로운 결과가 나왔습니다. 이건 종교 시설에 가까워요."

"종교 시설?"

카메론에도 종교는 있었다. 지구처럼 체계화된 건 아니었고, 정령을 믿는다거나 신비한 힘을 믿는다거나 같은 형태로 나타나는 종교였다.

"그런 거였습니까?"

수현은 내심 실망했다. 단서가 될 줄 알았는데, 그저 정령을 숭배하기 위해 만든 시설이었다니. 별로 단서가 되지 않았다.

"그냥 종교 시설이었다면 흥미롭다고 하지 않았겠죠. 이 종족들한테서 보이는 종교는 보통 애니미즘이나 토테미즘 계열이잖습니까. 그런데 이 시설은 아니에요. 우리 쪽에서 볼 수 있는 유일신 개념에 가깝습니다."

"······?"

"여기, 이 문구를 보세요. '우리는 대대로 위대한 존재를 믿었고, 그 사실을 자랑스러워했다. 그 증거로 이곳을 남기니, 아무도 이곳에 들어오지 못하리라.' 이건 무덤에서 볼 수 있는 문구와 종교 시설에서 볼 수 있는 문구가 섞인 거라고 볼 수 있죠. 흥미롭지 않습니까?"

"······."

말을 들은 수현은 다른 걸 생각하고 있었다. 김정현은 이걸 종교와 관련된 문구라고 생각하고 있는 것 같았지만, 그는 그렇지 않았다.

'저건 지구의 관점이지. 이종족들이 저런 신을 믿을 것 같지는 않아. 위대한 존재는 신이 아니라 진짜 카메론에 있었던 생명체 아닌가?'

거기까지 생각이 도달하자 궁금증이 생겼다.

'그러면 위대한 존재는 누구야? 이종족 부족 하나를 거느릴 정도라면 최소한 엄청나게 강력하고, 지능이 있어야 하는데⋯⋯.'

처음에 떠오른 건 드래곤이었다. 그러나 수현은 그 생각을 부정했다. 그의 상식과는 너무 달랐기 때문이었다.

드래곤은 움직이는 자연재해였지, 이종족 부족을 죽이지 않고 부리는 생명체가 아니었다. 이종족을 죽이지 않고 부렸다는 드래곤은 들어본 적도 없었다.

'강력한 마법사인가? 그렇다면 이 구슬은 놈에게서 나온 거고? 놈이 뭔 능력을 갖고 있었던 거지?'

"김수현 씨?"

"예? 아, 죄송합니다. 흥미 있는 이야기라서 너무 깊게 빠져 버렸네요."

"하하. 전 더 기분 좋은데요. 흥미를 가져주셔서 감사합니다. 김수현 씨가 아니었다면 애초에 진행되지도 않았을 테니까요. 자료 한번 읽어보세요. 궁금한 게 생기면 연락 주시고요."

김정현은 인사를 하고 발표를 준비하기 위해 가버렸다. 남은 수현은 방금 들었던 정보를 고민하느라 골똘히 생각에 잠겼다.

"저기, 저기."

"……?"

"우샹카이 있다고!"

루이릴이 그런 수현을 깨웠다. 수현은 고개를 들어 앞을 바라보았다. 익숙한 얼굴이 거드름을 피우는 모습으로 걸어오고 있었다.

"오랜만이군, 우샹카이."

"……!"

반쯤은 수현 때문에 참석한 것이긴 했지만, 수현이 이렇게 친한 척을 하면서 말을 걸어올 줄은 몰랐다. 우샹카이는 순간 놀랐다가 마음을 다스렸다.

"그래, 오랜만이다."

"잘 지냈나?"

"……당연히 잘 지냈지."

'잘 지냈을 리가 있냐, 이 개자식아.'

우샹카이는 욕설이 나오는 걸 꾹 눌러 참아야 했다. 수현은 아마 그가 오는 것만으로도 작전 하나를 망가뜨렸다는 걸 모르고 있을 테니까.

'참자, 참아.'

공식적인 자리였다. 게다가 수현처럼 눈치가 비상한 놈을 상대할 때에는 더욱 긴장해야 했다. 괜한 짓을 해서는 안 됐다.

"그런데 너 정도 되는 사람이 이런 자리에는 왜 참석한 거지?"

"나도 별로 참석하고 싶지는 않았어. 정부 쪽에서 이제 슬슬 얼굴로 활동해 달라고 해서 말이지. 하나씩 하나씩 참석해 나가는 거지."

옆에서 듣던 루이릴이 기막혀 할 정도로 수현은 뻔뻔스럽게 거짓말을 했다.

'이놈도 슬슬 거만해지려나? 그래줬으면 좋겠는데.'

명성을 얻으면 사람은 변할 수밖에 없었다. 그리고 우샹카이는 수현이 그렇게 되기를 간절히 원했다. 위에서 수현을 처리할 방법을 생각해 보라고 쪼아대고 있었기 때문이었다. 그래야 조금 들어갈 틈이 생기지, 지금은 철벽처럼 뭘 어떻게 할 방법이 보이지를 않았다.

'돈도 안 받고, 유흥도 안 즐기고, 여자 문제도 없고……. 이 자식은 사는 재미가 없나?'

"중국 쪽 고위 관직자들은 보통 쉬는 날에는 뭘 하지?"

"……?!"

처음에는 생각이 들킨 줄 알았다. 화들짝 놀란 우샹카이는 민망하다는 듯이 기침을 했다. 수현이 그의 속마음을 읽을 리 없었다. 단순한 우연이었다.

"뭘 하냐니. 사람마다 다르겠지. 각자 취미생활이 있는 게 아니겠나."

"이런, 내가 질문을 좀 막연하게 했군. 그러면 너는 쉬는 날에 뭘 하나?"

"나? 나 같은 경우는 보통 지역에 나가서 봉사 활동을 하거나, 당원들과 모여서 식사를 하거나, 가끔은 골프도 치지."

미리 준비해 둔 것처럼 보일 정도로 모범적인 답안이었고, 실제로 미리 준비해 둔 대답이기도 했다. 우샹카이는 이런 면에서 철저했다.

"가끔은 불륜도 하고?"

"그래, 가끔은 불륜도…… 뭐?!"

우샹카이 정도 되는 사람이 이렇게 당황한 모습을 보이는 것도 오랜만이었다. 하지만 그럴 수밖에 없었다. 전혀 상상 치도 못한 놈한테 그의 가장 내밀한 약점을 들킨 것이다.

'뭐야, 이 자식?'

수십 가지 생각이 머릿속을 빠르게 스치고 지나갔다. 대체 수현이 무슨 생각으로 이런 소리를 꺼낸 건지 알 수 없었다.

상황을 파악할 수 없을 때는…….

'시치미를 뗀다.'

"무슨 소리를 하는 거냐. 불쾌하군!"

"음? 아니었나?"

"대체 뭘 근거로 그런 헛소리를 하는 건지 궁금하군. 한국
의 마법사는 아무 근거도 없이 사람을 멋대로 모욕해도 괜찮
은 건가?"

"당당하기도 해라. 온갖 방식으로 허리를 놀리고 다니는
놈이 한 소리만 아니면 나름 설득력이 있었을 거야."

"……정말 불쾌하군. 한국 정부에 정식으로 항의를…….."

"안 할 거 다 안다."

"……!"

"정식으로 항의를 할 때 어떻게 할 건데? 한국 쪽 마법사
가 너를 불륜으로 몰았다고 할 건가? 이목 안 쏠리려고 노력
하는 네가 그런 짓을 할 리가 없지."

수현은 우샹카이에게 다가가 친근하게 어깨에 손을 올렸
다. 다른 사람이 본다면 정말 친근한 친구 사이 같은 모습이
었다. 수현은 따로 복사해 놓은 태블릿 PC를 꺼냈다. 몇 번
두드리자 바로 영상과 사진이 나왔다.

"공공장소에서 이런 걸 보기 좀 그렇지?"

"너, 너, 너, 너, 너…….."

우샹카이의 얼굴이 창백해졌다. 이보다 더 창백해질 수는 없을 것 같은 얼굴이었다. 대체 어떻게 이 자료를 그가 갖고 있는 건지 알 수 없었다.

"앞으로 공적으로 쓰는 물건에 이상한 거 저장하지 말라고. 취향이 꽤나 독특하더군. 아무리 중국 쪽에 일도 이비 같은 말이 있다지만 좀 심하지 않나? 당사자들이 알면 얼마나 슬퍼하겠어."

"……."

"표정이 안 좋군. 나가서 뭐라도 좀 마시자고. 내가 살 테니."

"그, 그건 좀……."

"이거 발표 때 틀까?"

"……알겠다."

둘은 카페의 구석으로 이동했다. 수현은 언제나 마시던, 당분이 듬뿍 들어간 음료를 주문했다. 그가 복잡하게 주문하는 동안 우샹카이는 사형수나 짓는 표정을 짓고 있었다.

"아메리카노."

"됐다."

"아, 물어본 게 아니라 그냥 마시라고."

"……."

"생각이 복잡하겠지. 이해해."

생각을 정리한 우샹카이가 입을 열었다. 대체 어떻게 저걸 빼낸 건지는 알 수 없었지만, 지금 확실한 건 하나였다.

수현이 그의 목숨 줄을 잡고 있었다.

저 자료를 중국 내에 뿌리는 순간 그는 파멸이었다. 그냥 정치적인 생명이 끝나는 걸로 끝나는 게 아니었다. 그가 한 엽색 행위가 알려진다면 그를 정말로 죽이려고 드는 사람이 나타날 것이다. 그리고 그는 그걸 방어할 방법이 없었다.

"뭘 원하나?"

"이해가 빨라서 좋군. 사실 지금 구체적으로 원하는 건 딱히 없어. 그러니 지금은 친구 정도로 해두자고."

"친구?"

"그래, 친구. 항상 중국 쪽에 친구가 갖고 싶었지. 내가 원하는 건 뭐든지 해주고 내가 궁금해하는 건 뭐든지 알아내 주는 그런 친구 말이야."

'그건 스파이잖아, 개새끼야!'

"그런 친구가 되어주겠지?"

"……그래."

"너무 걱정하지는 말라고. 내가 무리한 걸 시킬 생각은

없으니까. 이 우정이 오래오래 가야 서로에게 유익하지 않
겠나?"

'너한테만 유익하겠지.'

"그렇겠지."

"좋아. 농담은 여기까지 하고. 본론으로 들어가 볼까? 방
금 말했던 것처럼 무리한 걸 시키지는 않을 테니, 허튼 생각
은 처음부터 안 했으면 좋겠군. 그저 너는 내가 원하는 것만
해주면 돼. 들키지 않을 정도로."

"그게 무리한 일이 아니라는 건가?"

"무리한 걸 시키는 건 중국 측 고위 인사를 암살해 달라는
거지. 그런 걸 시켜줄까?"

약점이 잡히지 않았을 때도 우샹카이는 수현을 이길 수 없
었다. 약점이 잡힌 이상 더 말할 게 없었다.

"내부 정보를 빼돌리는 게 사실 완전히 무해하다고는 할
수 없지만, 사실 그 정도는 알아서 할 수 있잖아? 그 정도도
못하면 당 관계자들의 아내들이랑 떡을 치고 다니지는 않았
겠지."

'개새끼.'

"내가 호의를 베풀어주는 건 거기까지야. 그것도 못하면
거래는 없던 걸로 하지. 공무원 대신 포르노 배우가 될 준비
됐나?"

"하겠다. 하면 되지 않나!"

우샹카이는 신경질을 내듯이 외쳤다.

"지금 나한테 짜증 낸 건가?"

"아, 아니. 그게 아니라……."

"일단 연락처부터 교환하자고."

"……."

교환 후, 수현은 다시 입을 열었다.

"오늘은 오래 대화하기 힘들 것 같으니 하나만 물어보지. 아, 참고로 말해두지만 너 말고도 중국 쪽 정보 라인은 있다. 무슨 소리인지 알겠지?"

우샹카이는 고개를 끄덕였다. 그럴 거라고 짐작은 하고 있었다. 수현 측은 지나치게 신출귀몰했으니까. 요원을 바로 잡아낸 것도 독자적인 정보 라인이 없다면 불가능한 일이었다.

지금 저 소리를 꺼내는 이유는 하나였다.

'나는 네가 하는 소리를 따로 확인할 수 있으니 거짓말할 생각은 하지 마라'.

물론 독자적인 정보 라인 같은 건 없었다. 중국 쪽 보안은 뚫기 만만한 곳이 아니었다. 화이트 스파이(공식 외교관)가 아닌, 진정한 의미의 스파이들은 가면 죽어 나왔다.

하지만 이런 거짓말들은 언제나 상대방을 혼란스럽게 만

들기에 좋았다.

"이번 캘커타에서 일어난 사건에 대해 알고 있겠지."

질문이 아니라 단정. 이런 사소한 테크닉이 상대에게 정보를 빼내기 좋았다. 예상대로 우샹카이는 고개를 끄덕였다.

"어떻게 된 건지 말해봐."

'지금 나를 시험하는 건가.'

우샹카이는 입이 말라오는 것을 느꼈다. 수현이 얼마나 정보를 갖고 있는지 알 수 없었다. 상대는 완전무장했지만 그는 벌거벗은 상태.

뭘 어떻게 할 수가 없었다. 자칫 실수한다면 그대로 파멸. 그는 한숨을 한 번 내쉬고 입을 열었다.

"한국 쪽 기지를 무력화시키고 주변 시설을 파괴한 다음 병력을 제거해서 타격을 입히려고 했다. 지금 들어와 있는 게 외국계 기업이니만큼 그런 사건이 터지면 비즈니스 관계를 틀기에도 좋다고 생각했고."

"몬스터를 부리는 건 왜 빼먹나?"

"……!"

우샹카이는 다시 한번 놀랐다. 대체 어떤 놈이 정보를 빼돌리고 있는 거지?

"우샹카이, 우샹카이. 네가 아무래도 포르노 배우로 데뷔하고 싶어서 이러는 것 같은데……."

"아니다! 말하려고 했다고!"

"한 번은 믿어주지. 두 번은 없다."

밀어주고 당겨주고. 수현은 능숙하게 우샹카이를 다뤘다.

"알고 있다면 굳이 나한테 들을 것도 없을 텐데. 이번 작전은 다크 엘프들한테 입수한 몬스터 조련 기술을 실전에서 실험해 보는 작전이기도 했다."

"꽤나 성공적이었지."

"그래, 가짜 게이트 폭발 때문에 운이 따라주기도 했지만 몬스터들을 조련해서 다루는 건 효과적이었다. 실제로 기지에 있는 인원은 전혀 눈치를 못 챘다고 하던데……."

말을 하며 우샹카이는 수현의 눈치를 봤다.

"왜, 내가 우리 쪽 정보라도 말해주기를 바라나? 이게 지금 교환인 줄 아나 본데, 배우 데뷔에 미련이 남나 보지?"

"아니라고 했지 않나! 어쨌든 이게 다다. 이후에 너와 다른 병력이 오는 바람에 후퇴했다."

"아, 그거."

"……?"

"왜 후퇴했지?"

수현의 말을 들은 우샹카이의 얼굴이 일그러졌다.

"현장 지휘를 맡은 놈이 겁쟁이여서 그렇지."

"겁쟁이라고?"

"네가 온다는 정보를 듣자마자 하던 걸 전부 포기하고 도망치는 게 겁쟁이가 아니면 뭐냐."

"중국에 그런 사람이 있었나? 의외인데?"

수현은 신선하다는 표정을 지었다. 그도 중국 쪽 시스템이 어떻게 돌아가는지는 대충 알고 있었다. 대부분 호전적이기도 했지만 일단 임무를 멋대로 포기하고 후퇴할 정도로 만만한 곳이 아니었다.

"골치 아픈 자식이야. 내가 막아주지 않았다면 벌써 잘렸거나 처벌받았을 거다."

"네가 막아주다니. 뇌물이라도 받았나?"

"……."

"받았군."

"그건 중요한 게 아니지 않나."

"재미있는데. 이름이 뭐지?"

"샤오메이. 흔한 이름이지."

"여자였나. 그나저나 들은 적 없는 이름인데."

"애초에 우리 쪽 그림자 부대를 네가 들어봤을 리 없지 않나."

수현은 과거에 들어본 적 없다는 의미로 말한 것이었지만, 그걸 알 리 없는 우샹카이는 다르게 반응했다.

'내가 한 것 때문에 또 미래가 살짝 바뀐 건가. 아니면 조

금 있으면 사라질 사람이라 내가 몰랐던 건가…….'

"왜 관심을 가지는 거지?"

"방금 말했을 텐데, 재밌다고."

"……?"

"잘 싸우는 게 능사가 아니야, 우샹카이. 잘 도망치는 것도 능력이라고."

"맡은 일도 못 끝내고 도망만 치는 게 무슨 능력이냐. 그건 그냥 무능한 거다."

"쯧쯧. 그러니까 평생 실패하지."

우샹카이는 속으로 울컥했다. 최근에 겪은 실패는 대부분 수현 때문이었던 것이다.

"겁이 많은 걸 수도 있지만, 내 이름을 듣고 명확하게 판단을 내린 걸 수도 있지. 거기서 버텨봤자 좋은 꼴 봤겠나?"

"기지 인원은…….'"

"기지 인원을 건드렸으면 바로 내가 쫓았겠지. 그러면 잡혔을 거고. 그다음에는 다 불었겠군."

"……."

수현의 말에 우샹카이는 입을 다물었다. 분명 샤오메이는 능력이 없는 주제에 살아남는 데에만 끈질긴 겁쟁이라고 생각하고 있었는데, 수현의 말에 반박할 수가 없었다.

'아니, 그 겁쟁이가 대체 뭐가 대단하다고.'

"겁쟁이가 운이 좋았을 수도 있긴 한데, 어쨌든 재밌군. 뭐, 앞으로 자주 듣겠지. 너한테 말이야."

"……그래."

"아, 마지막으로, 진뤄궁은 지금 뭐 하고 있지?"

"그건 어떻게?!"

"……?"

포섭 가능한 초능력자로 목록에 있었지만, 지금 어디 있는지 알 수 없어서 물었다. 그러나 우샹카이의 반응은 예상 밖이었다.

'티를 낼 필요는 없지.'

"말했을 텐데. 라인이 있다고."

"우리 쪽 팀을 맡기로 승인이 났다. 아마 다음 작전부터는 직접 나서겠지."

"역시 그쪽으로 간 게 맞군. 어때?"

"진뤄궁? 완벽할 정도지. 너도 쉽게 이길 수는 없을 거다."

지금 상황에도 불구하고 우샹카이의 얼굴에는 자부심이 엿보였다. 그만큼 진뤄궁의 실력에 자부심을 갖고 있는 모양이었다.

"리우 신 같은 허여멀건 한 애송이는 예전에 뛰어넘었고……. 개인적으로 중국에서 손가락 안에 드는, 아니, 최고의 초능력자라고 생각한다."

수현은 그저 빙그레 웃었다. 그걸 본 우샹카이는 갑자기 불안해지는 걸 느꼈다.

　"그래?"

　"진, 진뤄궁을 암살한다거나 그런 건 내가 할 수 있는 일이…….."

　"걱정 마. 할 수 있는 것만 시킨다니까. 그보다 성격은 괜찮나?"

　"성격이야 조금 괴팍하지만, 보통 특급 초능력자들은 다들 그렇지 않나?"

　"조금이 아닐 텐데. 뭐, 그리고 나는 친절한 성격이잖나."

　"……."

　"어쨌든 알겠어. 진뤄궁이 거기로 갔단 말이지? 오늘 대화는 여기까지만 하도록 하지. 즐거운 대화였어, 우샹카이. 앞으로 연락은 제때 받고. 섹스는 조심해서 하라고. 피임 꼭 하고. 카메라 조심하고."

　'개새끼.'

　"아, 즐거웠다."

　즐거운 얼굴로 나오는 수현을 보며 루이릴은 고개를 저었다. 와서 맛있는 음식도, 술도 즐기지 않고 중국인 남자와 계속 대화만 했는데도 정말로 즐거워 보였다.

'아무리 생각해도 인간은 이상한 것 같아. 아니, 쟤만 특히 이상한 것 같기도…….'

"자택까지 모셔다 드리겠습니다."

"자택이라고 해봤자 회사 부지인데. 됐습니다. 술 안 마셨으니 차 몰 수 있어요."

"그렇지만……."

직원이 머뭇거리자 수현은 어쩔 수 없다는 듯이 고개를 끄덕였다. 사전에 무슨 말을 들은 게 분명했다.

"그러면 몰아주시죠."

"예!"

"잠깐만요. 잠깐만요."

"……?"

달려오는 누군가에 셋의 시선이 모였다. 멋들어지게 양복을 입은, 훤칠한 외모를 가진 백인 청년이었다. 급히 달려와서 그런지 그의 얼굴은 살짝 붉어져 있었다.

"아는 사람?"

"아뇨, 모르는 사람인데요."

"김수현 씨 맞으시죠?"

"맞습니다만."

"잠시 이야기를 하고 싶습니다. 혹시 시간 괜찮으십니까?"

수현이 반응하기도 전에 직원이 불쾌하다는 표정을 지으며 나섰다.

"김수현 씨는 이렇게 멋대로 찾아와서 만날 수 있는 사람이 아닙니다. 정식으로 요청을 하시고 약속을 잡으시죠."

직원이 막아서자 청년은 직원처럼 불쾌하다는 표정을 지었다.

"물러서."

"뭐라고요?"

"물러서라고. 내가 너 같은 놈한테 그런 소리 들을 위치는 아니니까."

"그러면 나는 그런 소리를 해도 되나?"

대화를 듣던 수현이 나섰다. 금발의 청년은 살짝 당황한 표정으로 수현을 쳐다보았다.

"예? 아니, 그건……."

"내 앞에서 날 수행하는 사람을 망신 주는 건 나한테 망신 주는 거나 마찬가지인데? 누군지는 모르겠지만 내 앞에서 건방 떨 거면 신분부터 밝히고 떨어야지. 너 뭐 하는 놈이야?"

수현의 생각보다 사납게 나오자 청년은 즉시 고개를 숙였다.

47장
과거에 했던 행동(2)

"죄송합니다. 실언했습니다."

의외였다. 수현은 청년의 위아래를 훑어보았다. 부유하다는 건 옷차림으로 누구나 알 수 있었지만, 수현은 다른 걸 보고 있었다.

'귀걸이에, 반지 두 개. 팔찌까지. 초능력자군.'

아티팩트를 겉모습만으로 알아보는 건 아무나 할 수 있는 일이 아니었다. 그건 수현도 마찬가지였다. 그러나 그 장신구 특유의 생김새에서 왠지 모르게 그럴 것 같은 느낌이 왔다.

하나하나가 막대한 가치를 가지고 있는 아티팩트를 주렁주렁 걸치고 있는 건 보통 초능력자 중에서도 어느 정도 급이 되는 초능력자였다.

젊은 나이에 그런 위치에 오를 정도면 보통 만만한 성격은 아니었다. 실제로 방금 직원을 대한 걸 보면 남자는 공손과는 거리가 멀었다. 그런데도 이렇게 바로 꼬리를 내리다니.

'어지간히 원하는 게 있나 보군.'

수현은 볼을 긁적이며 그렇게 생각했다.

"저는 이런 사람입니다. 급한 나머지 실례를 한 것에 대해 다시 한번 사과드리겠습니다."

청년이 건넨 명함의 디자인은 간단했지만 고급스러웠다. 금박이 입혀진 명함 테두리 안에는 '이클립스 소속—하워드'라고만 적혀 있었다.

"이클립스?"

"설마 모르시는 겁니까?"

하워드는 진심으로 충격을 받은 표정이었다. '너 나 몰라' 같은 거만함이 아닌, 정말 모른다는 것에 순수하게 충격을 받은 표정. 수현은 고개를 저으며 말했다.

"모를 리가 있나. 알고 있어."

"방금 분명……."

"나한테 아쉬운 게 있어서 온 거 아니었나? 왜 추궁이야?"

"죄, 죄송합니다."

워낙 중국 쪽에만 집중하다 보니 다른 국가의 사정을 떠올리는 데 살짝 시간이 걸렸다.

중국 쪽 초능력자라면 별 같잖은 인간도 기억하는 수현이었지만, 비교적 신경을 쓸 필요가 없는 미국 쪽 초능력자는 손가락 안에 꼽히는 초능력자도 바로 떠올리지 못했다.

"이클립스. 분명 미국 내에서도 꽤나 잘나가는 초능력자 팀이었지. 거기 소속이라고?"

"예, 과분하지만."

하워드의 얼굴에서는 숨길 생각도 없는 자부심이 엿보였다. 그와 비슷한 위치에 있는 사람들한테서 많이 본 표정이었다.

수현은 명함을 빙글 돌리며 말했다.

"그래서, 거기 소속이 나한테는 왜?"

"아까도 말씀드렸지만, 할 이야기가 있습니다."

"절차는 어디에 두고?"

"절차는 필요하다면 언제든지 두고 올 수 있는 것 아니겠습니까. 서로에게 이익이 된다면 더더욱."

"서로라."

"불쾌하셨다면 사과를 드리겠습니다. 하지만 절차를 따진다면 너무 오래 걸렸을 게 뻔해서……. 한국 정부가 마법사인 김수현 씨를 과하게 둘러싸고 있다는 건 알고 계시지 않습니까?"

"우, 우리가 언제 그랬다고……."

직원은 억울하다는 듯이 반문하려고 했다. 수현은 팔을 뻗어서 그를 만류했다.

"절차를 밟아서 만나려고 했다면 시간도 시간이지만 아예 만나지 못할 수도 있다고 생각했습니다. 사실, 이해는 갑니다. 어느 정부가 김수현 씨 같은 자국의 인재가 다른 국가의 초능력자와 접촉하는 걸 좋아하겠습니까? 특히 그게 우리 같은 곳이면 더더욱 그렇겠죠."

'자랑 참 좋아하는 친구군.'

수현에게 말하고 있지만 눈은 직원을 보며 그를 힐난하고 있었다. 실제로 마법사인 수현을 만나겠다는 요청은 쏟아졌고 한국 정부는 그 대부분을 거절해 왔다.

그러나 일방적으로 한 건 아니었다. 분명 수현한테 허락을 받고 한 것이었다. 멋대로 했다면 수현이 가만히 있을 사람이 아니었다. 그런데 저렇게 말하니 직원이 억울할 수밖에 없었다.

"그랬을 수도 있고, 아닐 수도 있고……. 가정은 그만하고, 무슨 이야기를 하려고?"

"여기서 할 이야기는 아닙니다. 괜찮으시다면 제가 모시겠습니다."

"지금 리틀 워싱턴으로 가자고?"

"물론 아닙니다. 여기서 가까운 호텔입니다."

"혼자 온 게 아닌가 보군."

"예, 저희 이클립스의 리더께서도 오셨습니다. 그 정도도 오지 않고서 마법사인 김수현 씨한테 이야기를 하자고 요청하지는 않죠."

직원의 표정이 한층 더 당혹으로 물들었다. 수현이 거절을 하지 않고 흥미를 보이는 것도 그렇지만, 상대 쪽이 의외로 거물이었던 것이다. 설마 팀장이 직접 오다니.

이클립스의 팀장은 다른 팀장과 그 이름의 무게가 달랐다. 미국에서 손꼽히는 초능력자 팀의 리더인 것이다.

"김, 김수현 팀장님……."

"뭐, 너무 그러지 마세요. 이야기 정도 나누는 거잖습니까. 여기까지 찾아왔는데 거절하는 것도 조금 뭐하지 않겠습니까?"

수현이 결정을 내리면 그로서는 할 수 있는 게 별로 없었다. 위로 보고하는 것뿐. 수현이 외부인을 만난다고 해서 정부 쪽에서 수현을 탓하지는 못할 것이다.

'아마 나만 욕을 먹겠지!'

"그러면 한번 가 볼까. 안내하라고."

"좋은 선택이십니다!"

말릴 틈도 없이 수현은 하워드와 같이 가버렸다. 직원은 하늘이 무너진 것 같은 표정을 지으며 고개를 푹 숙였다.

시간이 지나고 나서야 다른 생각이 들었다.

'그런데 이클립스는 왜 이렇게 찾아온 거지?'

"이 엘프분도 오시는 겁니까?"

조금 전에 말을 잘못했다가 수현한테 욕을 먹어서 그런지, 하워드의 태도는 조심스러웠다.

"내 팀원인데 안 될 이유 있나?"

"아니요, 없습니다. 다만 대화는 다른 사람이 들으면 조금……."

"그때는 밖에 있게 하지."

"감사합니다. 아름다운 엘프시군요."

루이릴은 그저 신비한 미소를 지을 뿐이었다. 처음 보는 사람 앞에서는 엘프의 이미지를 얼마든지 활용할 수 있는 그녀였다.

앞 좌석에 탄 하워드에게 들리지 않도록, 루이릴은 아주 작게 속삭였다.

"저기……."

"안 된다."

"······아직 말도 안 했거든?"

"거기 가서 손장난 쳐도 되냐고 물으려는 거 아니었어?"

"맞지만."

"하지 마. 미국인이라고 만만하게 보나 본데, 잘못 건드리면 중국 쪽보다 더 귀찮은 게 미국이야. 게다가 이클립스 정도면 연줄이 아주 사방으로 있을 거다. 국제 범죄자가 되면 나도 어떻게 해줄 수가 없어."

루이릴은 바로 입을 다물었다. 앞에 앉은 하워드가 내민 팔에 보이는 아티팩트들이 그녀의 의욕을 끓어오르게 만들었던 것이다. 그러나 수현의 말을 들으니 바로 충동 조절이 됐다.

"여기입니다."

"사람이 없는데?"

"어? 어, 뭐지?"

"······."

"화장실 갔다 왔다."

"보스!"

당황한 채 두리번거리던 하워드는 뒤에서 들리는 목소리에 안도의 한숨을 내쉬며 몸을 돌렸다.

뒤에 서 있던 건 거구의 흑인이었다. 2m는 될 것 같은 키에, 옆으로 쫙 퍼진 근육질의 몸매. 더 인상적인 건 복장이었다.

반바지에 샌들, 뒤로 돌려쓴 모자에 선글라스. 거기에 하워드보다 훨씬 더 주렁주렁 매달고 있는 장신구까지.

할렘가 갱스터나 래퍼라고 해도 충분히 어울릴 것 같았다. 그를 본 루이릴은 질렸다는 표정을 지으며 속삭였다.

"손가락에 반지를 20개 넘게 끼고 다니는 사람은 처음 봤어."

"걸어 다니는 금덩어리군."

하워드는 바로 고개를 숙인 다음 종종걸음으로 남자의 뒤에 섰다. 남자는 껌을 질겅질겅 씹으며 수현을 내려다보았다. 그러더니 잇몸을 드러내며 씩 웃었다.

"반가워, 친구!"

"친구는 아니지만, 반갑다고 해두지. 일단 앉을까?"

"그래, 그래. 앉으라고."

자존심 강해 보이는 하워드는 남자 앞에서 간이라도 빼줄 것처럼 굴었다. 타산적이 아닌, 진심으로 그러는 것 같았다.

남자는 수현이 앉자 캔을 하나 던졌다. 뭔지 확인했더니 방금 자판기에서 뽑아 온 콜라였다. 루이릴은 황당하다는 듯이 쳐다봤지만 수현은 아무렇지도 않게 뚜껑을 땄다.

"생각보다 소박하군."

"뭐가? 아, 콜라? 가격이 뭐가 중요해. 내가 맛있으면 그만이지."

"맞는 말씀이십니다, 보스."

"하워드, 너는 잠깐 나가 있어. 여기 엘프 씨도 괜찮지?"

루이릴은 어깨를 으쓱거리면서 밖으로 나갔다. 단둘이 남자 남자는 콜라를 들이켜며 말했다.

"내가 내 소개를 했나? 나는 그냥 잭이라고 부르면 돼. 우리 이클립스에서는 굳이 길게 이름을 안 부르는 편이라서."

"그래, 잭. 무슨 일로 나를 찾아왔지?"

"잠깐, 그 전에."

"……?"

"혹시 미국으로 올 생각 있어?"

"예전에도 들었던 제안이군. 별로 생각 없다."

"예전에? 아, 블루베어인가? 좋은 곳이기는 하지만 거긴 결국 회사. 이익집단에 불과하지. 하지만 우리 이클립스는 다르다고."

"호. 어떻게 다르지?"

"우리는 순수한 탐험 집단이야. 이권에 집착하지 않고, 순수하게 카메론의 끝을 탐험하기 위해 돌아다니는 팀이지."

"회장이 좋아하겠군."

"……?"

잭은 고개를 갸웃거리더니 다시 말을 시작했다.

"한국을 나쁘게 말하려는 건 아닌데, 작은 국가는 한계가 있어, 친구. 중국도 마찬가지지. 덩치만 크지 체제가 사람들을 짓누른다고. 그런 체제에 있어봤자 할 수 있는 건 한계가 있지. 이미 발견된 곳만 빙빙 돌면서 무미건조하게 살아야 하는데, 그런 삶은 재미가 없잖아?"

잭의 말은 사실 반박하기 힘든 말이었다. 현재 순수하게 '탐험'이라는 목적만 본다면 미국만큼 많은 투자를 하는 국가는 없었다.

한국이나 중국은 주로 밝혀진 지역에서 이익을 만들어내고 지키는 것에 열중했던 것이다.

"나는 그런 삶에서 재미를 찾아내는 편이지."

"정말로 그런 삶에 만족하는 거야? 응? 우리와 같이하자고. 최정예들이 모여서, 최고의 지원을 받으며, 아무도 발을 내딛지 못하는 미답지를 가는 거야."

"그게 나를 찾아와서 하고 싶은 소리였나? 그러면 여기까지만 하도록 하지."

스카우트는 이제 와서 수현을 흔들 수 없었다. 수현이 자리에서 일어서려고 하자 잭은 급히 손을 흔들었다.

"잠깐, 잠깐! 이건 하려던 이야기가 아니었어. 그저 제안이었을 뿐이라고."

"그러면 본론을 빨리 말해줬으면 좋겠는데."

"이야기 들었어. 네게 다크 엘프의 비술이 있다며?"

"……."

수현은 놀랐다. 잭이 알고 있다는 사실에 놀란 게 아니었다. 그사이 미국에 있는 잭한테까지 들릴 정도로 이야기를 퍼뜨린 최재호한테 놀란 것이었다.

'이 인간……. 공개 연설을 해도 이 정도로 빨리 퍼지지는 않겠다.'

잭은 수현의 침묵을 다른 뜻으로 오해했는지, 목소리를 낮추며 말했다.

"걱정 마. 비밀은 지킬 테니까. 이런 걸 퍼뜨리고 다니지는 않는다고. 나한테 말해준 친구도 입이 무거운 사람이니 그건 걱정 안 해도 돼."

"그걸 걱정하지는 않지만. 상관없겠지. 그래서? 그 비술이 있는 것과 무슨 상관이지?"

"일부러 모르는 척하는 거야? 그 비술을 얻고 싶어서 찾아온 거지."

수현은 대답 대신 몸을 뒤로 젖혔다. 아무나 걸리라고 미끼를 뿌렸지만 생각보다 빠르게, 큰놈이 걸려들었다.

'자, 어떻게 해야 할까.'

"이봐, 이봐. 나도 알아. 그런 게 있다면 당연히 공짜로 넘길 수는 없겠지. 하지만 한국 정부에 공식적으로 알리지 않앉다는 건, 이걸로 뭘 하려고 숨긴 거 아니야? 원하는 걸 말해봐."

"거래는 아쉬운 쪽이 제안을 해야지."

"뭐라고?"

"네가 생각했던 것처럼 공식적으로 발표하지 않은 건 이걸로 거래를 할 생각이 있어서긴 해. 그렇지만 나는 딱히 아쉬운 게 없거든. 그러니 그럴듯한 제안을 해봐."

"끙……."

잭은 덩치에 어울리지 않게 약한 모습을 보였다.

"아티팩트는 어때?"

"아티팩트는 충분해."

"한국 쪽 아티팩트들이라고 해봤자 A급 이상은 몇 개 안 되잖아?"

"어차피 그런 건 많아 봤자 처치 곤란이야. 됐어."

A급 이상 아티팩트가 필요한 건 강력한 몬스터의 방어를 뚫을 화력이 필요해서인데, 그런 거라면 차라리 수현 본인의 힘을 믿는 게 나았다. 괜히 소모가 큰 아티팩트를 대원들에게 들려줬다가 본전도 못 찾는 수가 있었다.

"A급 아티팩트 같은 걸 거절하면 어쩌라고?"

"그러면 내가 역으로 묻지. 비술이 왜 필요한 거지? 이클립스는 이익집단도 아니고, 초능력자를 각성시켜야 할 필요성도 없을 텐데. 이미 전원이 특급 초능력자 아닌가?"

"알면서 묻는 건가. 성격 참 나쁘군."

"……?"

"결과만 본다면 그 비술이라는 건 초능력자를 각성시키는 것만으로 끝나지 않을 텐데."

잭은 수현을 가리켰다. 그제야 수현은 그가 무슨 생각을 하고 있는지 깨달았다.

"난 마법사가 되고 싶어."

"……!"

"탐험, 탐험 말은 하지만 탐험가들 사이에 한계선이 대략적으로 정해진 거 알고 있나? 다들 더는 못 들어가겠다고 하고 돌아오는 한계선."

수현은 대답 대신 어깨를 으쓱거렸다.

"카메론에서 반평생을 넘게 보냈지만 여기는 아직도 미지의 땅이야. 들어가면 들어갈수록 괴물 같은 놈들이 쏟아져 나오지. 나 정도 되는 초능력자로도 상대하기 버거운 놈들이 있으면 사실상 현재 인류가 들어갈 수 없는 곳이나 마찬가지라고. 난 이런 사실이 참을 수 없이 분하다!"

잭의 눈동자에는 진심이 이글거렸다.

"그렇군."

"……그게 다냐?"

진심을 다해서 말했지만 수현의 반응은 시큰둥했다. 그는 여전히 표정 하나 변하지 않고 앉아 있을 뿐이었다.

"마법사가 되고 싶다는 이유는 이해했다. 그런데 설마 그 이유 하나로 날 설득하려고 한 건 아니겠지? 마법사가 되고 싶어 하는 초능력자들은 쌔고 쌨어. 시간만 주면 더 간절한 이유를 갖고 있는 초능력자들을 무더기로 데리고 올 수 있다고. 그리고 무엇보다, 잭. 마법사는 되려고 해서 될 수 있는 게 아니야. 다크 엘프의 비술을 쓰든 쓰지 않든 그건 달라지지 않는다."

"그건 해봐야 알지."

"난 마법사고, 넌 초능력자지. 마법사로서의 각성에 관해서는 내가 더 잘 알 것 같군."

잭의 두꺼운 입술이 꿈틀거렸다. 최근 들어서 그에게 이렇게 오만하게 말하는 사람은 한 명도 없었다.

"내가 자격이 부족하다는 거냐?"

"자격이라. 잭, 초능력자가 될 사람은 그런 자격이 있어서 되는 건가?"

"……그건 아니지."

"그러면 마법사도 마찬가지지. 똑같은 사안인데 왜 이렇게 마법사에 대해서만 비이성적으로 구나?"

대화하는 동안 수현은 방침을 정했다. 아쉽지만 잭을 상대로 사기는 치지 않기로. 그는 사기를 쳐도 뒤탈이 없을 상대를 원했다. 중국 쪽 인간 같은. 그러나 미국 쪽은 위험이 컸다. 수현은 괜히 벌집을 건드리지 않기로 했다. 그는 지금 그럴 필요가 없었고, 이런 문제를 새로 만들지 않아도 처리해야 할 게 많았다.

"그럴 만한 문제니까."

"그러면 조금 더 이성적이 된 다음 찾아오라고. 나는 이만 가 보도록 하지."

"아직 내가 할 말은 다 끝나지 않았어! 너는 무슨 이유에서인지 그 비술의 효과를 별것 아닌 것처럼 말하고 있지만, 나는 분명히 알고 있다. 그 비술은 어떤 식으로든 간에 효과가 있다는 것을. 나를 마법사로 만들어주지는 못하더라도 초능력자를 비약적으로 강하게 만들 수는 있겠지."

"……?"

수현은 일어서려다가 뜬금없는 소리를 듣고 의아해했다.

"그건 또 무슨 소리지?"

"너희 쪽 초능력자를 모른다고 하지는 않겠지. 김창식!"

"김창식을 모를 리는 없고, 그놈이 여기서 왜 나오는데?"

"시치미 떼지 마라! 너는 내가 무슨 소리를 하는지 알고 있을 텐데! 너야 마법사니 그렇다 치더라도, 김창식의 초능력은 명백히 궤를 벗어나 있다. 나에 버금갈 정도의 초능력

을 갖고 있는 자가 팀 안에 있는 걸 우연이라고 하지는 않
겠지!"

잭의 초능력은 화염 계열 초능력이었다. 비교적 흔한 초능
력이었지만 거기서 이름을 날렸다는 건 그만큼 그의 실력이
뛰어나다는 걸 증명했다.

"아······."

어디서 김창식이 가짜 화염을 쓰는 걸 단편적으로 들은 게
분명했다. 실제 눈으로 봤다면 저런 오해는 결코 하지 않았
을 것이다. 경지에 오른 화염 계열 초능력자가 그걸 눈치 못
챌 리는 없었으니까. 그러나 지금 잭은 김창식이 모종의 비
법으로 그렇게 강력한 초능력을 갖고 있다고 철석같이 믿고
있었다.

'진상을 알면 부끄러워 죽으려고 하겠군.'

"미안하지만 그것도 우연이야."

"에에이······. 못 간다! 이클립스에 참여하거나, 비술을 거
래하든가! 택일해라!"

"애냐?"

일어서서 거대한 덩치로 문을 막아선 잭을 보고 수현은 한
심하다는 듯이 중얼거렸다. 아티팩트를 주렁주렁 낀 손가락
을 쫙 펴고 수현을 막아선 폼은 꽤나 위압적이었다. 다른 초
능력자였다면 기부터 죽었을 정도로.

그러나 수현은 이런 걸로 기가 죽을 사람이 아니었다.

"대화를 하자고 해서 왔지, 이런 식으로 시비를 걸 줄은 몰랐는데. 비키지 그러나? 지금이라면 넘어가 주지."

"나를 이길 자신은 있나? 내 이름을 알 텐데?"

"마법사가 초능력자를 못 이기면 장사 접어야지. 잭, 너는 마법사가 아니라서 모르겠지만, 이쪽 영역으로 발을 디뎌야 알 수 있는 게 있거든. 초능력자의 영역에서 허우적거리면서 강한 척해봤자 우스울 뿐이다."

잭의 등 뒤로 땀이 흘러내렸다. 큰소리를 쳤지만 그의 마음은 복잡했다. 정말 수현의 말이 사실일까? 아니, 그렇지 않더라도 그가 수현을 이길 수 있을까?

초능력자와의 싸움에서 그가 자신이 없었던 적은 한 번도 없었다. 그의 불꽃은 최강의 창이자 방패였고 무수히 많은 몬스터와 초능력자들을 처리해 왔다. 게다가 그가 갖고 있는 수많은 아티팩트는 어떤가. 하나하나가 고액으로 거래될 물건이었다.

'물러설까? 붙어볼까?'

마법사에 대한 호기심, 일이 커지면 복잡해질 문제에 대한 걱정, 수많은 상념이 순식간에 빠르게 머릿속을 스치고 지나갔다.

쿵—

"……?!"

팔을 뻗었다고 생각한 순간, 잭의 두꺼운 팔목은 원래라면 불가능한 방향으로 꺾여 있었다. 기괴하게 뒤틀린 팔목을 보자 고통이 뒤늦게 찾아왔다.

"크아아악!"

"아, 미안. 자네가 선공을 한 줄 알았지."

밑에서 들린 소리 때문에 잭이 무의식적으로 팔을 움직였고, 대비하고 있던 수현이 염동력으로 잭의 방어를 뚫고 팔을 꺾어버린 것이다.

고통도 고통이지만 그가 선공을 뺏겼다는 것에 잭은 엄청난 정신적 충격을 받았다.

"말, 말도 안 돼……."

"치료해 주지."

"내가 할 수 있다!"

녹색 빛이 나오더니 잭의 팔이 원래대로 돌아왔다. 치유 아티팩트를 갖고 있었던 것이다.

"다시 한번 해보자!"

"이제 그만하지."

"왜냐!"

"그야 두 번째는 손속을 안 봐주고 죽일 생각인데, 아무리 선공을 했다지만 이클립스의 일원을 여기서 죽여 버리면 뒤

처리가 귀찮아지거든."

잭은 순간 찬물을 뒤집어쓴 느낌을 받았다. 방금까지 흥분해서 달아올랐던 머리가 제정신을 찾았다. 그는 한 걸음 물러서며 말했다.

'그런데 내가 죽는 게 전제조건이냐?'

"그건……. 그렇군."

"유쾌한 척은 더 이상 안 하나? 성질이 올라서 본모습이 나온 건가?"

"그건 즐거울 때 보여주는 모습이다."

잭은 얼굴을 손으로 쓸어내렸다. 수현과 대화를 하다가 열이 올라서 본 성격이 나온 것이다. 원래 이렇게 스스로를 통제 못 하지는 않았었는데…….

"그보다 방금 무슨 소리가 들렸었는데."

"무슨 소리라고?"

"이런 호텔에서 이런 소리가 날 일이 별로 없지."

수현은 문을 열고 밖으로 나섰다. 바깥의 테이블에는 루이릴과 하워드가 의자에 앉아 있다가 수현을 보고 고개를 돌렸다.

"대화 끝났어?"

"무슨 일 없어?"

"무슨 일이라니?"

말과 함께, 복도 끝의 엘리베이터 문이 열렸다. 열리기도 전에 수현은 본능적으로 무슨 일이 일어날지 짐작했다.

우드득!

안에서 나온 건 무장한 복면의 습격자들이었다. 최신형 화기로 무장하고서 대기하고 있던 그들은 수현의 일격에 그대로 몸이 찢겨나 갔다.

"두 놈이 아니잖……."

가장 뒤에 있던 습격자는 유언도 제대로 말하지 못하고 쓰러졌다. 그자의 말을 들은 수현은 이 습격이 누구를 노린 건지를 깨달았다.

'내가 아니라 저놈을 노린 공격이군. 나는 예상 밖의 변수고.'

"보스! 피하셔야 합니다!"

"내가 피하라고? 하워드, 술이라도 마셨어? 응?!"

"초능력 재밍 장치가 켜진 것 같습니다! 초능력이 발동이 안 돼요!"

"상관없어."

잭은 두꺼운 목을 까딱거리며 걸어갔다. 피투성이가 된 엘리베이터가 아닌, 옆의 계단에서 무장한 남자들이 총구를 조준하며 달려 나왔다.

화르륵!

복도부터 계단의 입구까지, 한 치의 공백도 없이 짙은 화염이 휩쓸고 지나갔다. 압도적인 열량의 화염이었다. 주먹을 휘두른 잭은 침을 퉤 뱉으며 계단으로 달려갔다.

"재밍 장치 하나만 있으면 날 죽일 수 있을 줄 알았냐!"

망치에 얻어맞기라도 한 것처럼 습격자 하나가 벽을 뚫고 공중으로 떨어져 나갔다. 아티팩트를 사용한 게 분명했다.

'뭐지?'

그리고 수현은 뒤에서 그걸 신기하게 보고 있었다. 그야 마법사니 이 초능력 상쇄 장치에 영향을 받지 않았다. 그러나 잭은 아무리 강력해도 초능력자였다.

"재밍 장치 작동시키고 있는 거 맞아?!"

"작, 작동되고 있는데……."

"죽어라. 잡놈들아!"

총탄은 잭의 몸을 덮은 화염의 막에 녹아버렸고, 잭에게 스치기라도 한다면 그대로 타버렸다. 말 그대로 공방 일체의 초능력이었다.

호텔 밑에서 난 소리는 보안을 무력화시키는 폭발음이었다. 그러나 그 치밀한 습격과는 별개로 상황은 빠르게 정리되었다. 주동자들이 전멸한 탓이었다. 바쁘게 연락하는 사람들 사이에서 수현은 잭에게 물었다.

"네가 데리고 온 적인가?"

"그렇겠지."

"놀랍군. 미국 쪽 초능력자들은 이런 것과 거리가 먼 줄 알았는데."

"너나 나 정도의 위치라면 적이 하나도 없는 게 더 이상하지 않나? 아마 내가 이클립스 대원들도 두고, 혼자서 움직인 걸 보고 기회라고 생각했겠지. 멍청한 놈들. 누굴 만나는지도 조사를 했어야지."

"그건 그렇고, 초능력은 어떻게 쓴 거지?"

잭은 히죽 웃었다. 오늘 수현을 상대하면서 처음으로 우위를 잡은 기분이었다. 그걸 본 수현이 말했다.

"그걸로 뭐 거래라도 하려는 것 같은데. 말하기 싫으면 관두라고."

"……오늘 저지른 일에 대한 사과로 말해주지. 이거 덕분이다."

잭은 작은 원통형 장치를 꺼내더니 위로 던졌다가 다시 받았다.

"그게 뭐지?"

"재밍 장치를 재밍하는 장치다. 중국에서 나온 초능력 재밍 장치는 꽤나 충격적이었지만, 나온 지가 얼마나 됐는데 가만히 당하고만 있을 리는 없지. 이건 시제품이다. 시간도 짧고 일회용에 가깝지만, 그 정도면 충분히 죽이고 남으니까."

"……!"

수현의 눈동자가 흔들렸다. 초능력 상쇄 장치를 카운터하는 장치라니.

'이런 건, 내가 있을 때에도 상용화되지 않았었는데? 대체? 미국 쪽에서 일부만 사용했던 건가? 아니면 미래가…….'

"이 정보로 오늘 내가 한 실수는 갚은 거다."

"고작 그걸로? 그 시제품 정도는 줘야 하지 않나?"

"무리한 걸 바라는군. 설마 진심으로 한 소리는 아니겠지."

"좋아. 잊어주지. 사실 다친 건 내가 아니라 그쪽이니까."

"……다크 엘프의 비술을 갖고 대체 뭘 꾸미는 건지는 모르겠지만, 너무 비싸게 팔려고 하는 건 그만두는 게 좋을 거다. 영원히 유지되는 비밀은 없으니까. 언제라도 그 비술이 유출될지 모른다고."

'그럴 일은 없을 텐데.'

"판다면 지금이야. 내가 이런 말을 하기도 뭐하지만, 우리 이클립스 말고 더 값을 치러줄 곳은 드물다고."

"찰스 회장도?"

"윽."

아픈 곳을 찔렸다. 잭은 눈썹을 찌푸리더니 말을 이었다.

"그 양반은 탐험가가 아니잖나. 값을 후하게 쳐주겠지만 본인이 초능력자가 아닌데 우리만큼 절박하게 쳐주지는 않을 거다. ……아마."

"뭐, 상관없어. 어차피 회장한테 넘길 생각도 없으니까."

"생각이 바뀐다면 여기로 연락해. 혹은 이클립스에 들어오고 싶다면 그것도 괜찮겠지."

상황이 정리되자 잭은 어디선가 온 미국 쪽 요원들과 함께 사라져 버렸다. 루이릴은 그 뒷모습을 보고서 중얼거렸다.

"폭풍 같은 사람이네."

"그래, 다시 한번 만나게 될 것 같긴 하군. 일이 이상하게 꼬였어. 먹이를 물라는 놈은 안 물고 이상한 놈이……."

가면이 벗겨지고 나서 수현한테 호되게 당하기는 했지만 그 실력과 열망은 진짜였다. 그 정도 되는 초능력자가 벽에 막혀서 어떻게든 돌파구를 찾으려고 발악하는 걸 보면 현재 카메론 탐험 상황이 꽤나 좋지 않은 모양이었다.

"그나저나 미국 쪽 초능력자를 싫어할 만한 놈은 누구지? 잘 짐작이 가지 않는데."

"중국 쪽 요원들 아냐?"

"아니, 중국 쪽 스타일은 아니었어. 거기 공작 스타일은 다르거든. 카메론에서 수상쩍은 짓을 하는 세력들은 한두 개가 아니니 파악하기가 힘들군."

수현은 고개를 저으며 말했다. 그가 알고 있던 사실이 뒤틀리고, 몰랐던 새로운 적들이 나오고 있었다. 인간 중에서는 적수가 없다고 생각될 정도로 강해졌지만 여전히 부족하게 느껴졌다.

멀리서 허겁지겁 달려오는 개발계획국 직원을 보며, 수현은 한시라도 빨리 다크 엘프들의 비약을 완성해야겠다고 마음먹었다. 비술은 거짓말이었지만 그가 받은 비약은 진짜였으니까.

'시간을 다루는 능력을 향상시키기 위해서 비약을 먹으려고 하는데, 정작 그 비약을 완성하려면 시간을 다루는 능력을 향상시켜야 한다니…… 빌어먹을 아이러니군.'

"일단 돌아가자. 돌아가서 확인을 해봐야겠어."

"그나저나 아까 그 장치, 갖고 싶었어?"

"하나 가지면 좋겠지만……. 잠깐. 너. 설마."

루이릴이 마술처럼 손가락 사이에 장치를 끼우며 말했다.

"가방 속에 몇 개 더 있더라. 보안이 별로던데. 다시 두고 올까?"

"……갖고 싶은 게 있으면 말해봐."

루이릴은 싱긋 웃으면서 수현의 팔짱을 꼈다.

"너는 말이 잘 통해서 참 좋아."

"너는 내 말을 귓등으로도 안 들어서 참 문제고."

돌아오자마자 수현이 연락한 건 우샹카이였다. 우샹카이
는 화들짝 놀라 부정했다. 얼굴은 보지 못했지만 필사적으로
부정하는 그의 태도에서, 수현은 이번 사건이 중국 쪽 소관
이 아니라는 걸 확신할 수 있었다.

'이놈은 그럴 만한 그릇이 못 되지.'

우샹카이는 욕심이 있었지만, 동시에 안전을 추구하는 사
람이었다. 오늘 약점을 잡혔는데 감히 수작을 부리지는 못할
것이다.

그다음으로 향한 건 연구소였다. 수현이 쏟아내는 사건들
을 따라가지 못한 최지은은 당황하면서 손을 내저었다.

"이클립스? 습격? 거기에 상쇄 장치를 카운터 하는 장치
라고? 잠깐, 잠깐만. 기다려 봐. 메모 좀 할게. 그러니
까……. 처음부터."

"이게 그 장치야. 분석 좀 해줄래? 갑자기 이런 게 튀어나
온 게 믿기지가 않네. 원래라면 없었는데."

"기술이란 건 원래 아주 사소한 사건으로도 발전되고 하
니까."

최지은은 수현이 건넨 장치를 들고 어딘가로 사라졌다가
다시 돌아왔다.

"그보다 습격? 괜찮은 거 맞아? 어디 다친 데는 없고?"

"걱정해 주는 건가?"

"……."

"알겠어. 알겠어. 그보다 난 걱정할 필요 없어. 애초에 적이 없었던 것도 아니고……. 이번 사건은 날 노린 게 아니었다고."

"미국 쪽 초능력자를 습격할 사람이 있나? 너는 뭔가 의심가는 곳이 있어? 이런 건 네 전문이잖아."

"초능력자를 습격하는 곳은 많고 많지만……."

초능력자는 적을 만들기 쉬운 인종이었다. 크게 보면 국가 단위의 분쟁과 견제 때문에 공격을 당할 수도 있었고, 작게 보면 사적인 이익 때문에 공격을 당할 수도 있었다.

"이클립스의 리더 정도 되는 초능력자를 공격할 만한 곳은 도저히 안 떠오르는데."

"정도 되는? 그러면 그 밑의 초능력자를 공격할 만한 곳은 떠올라?"

"예전에도 몇 번 비슷한 사건은 있었으니까. 초능력자를 대상으로 한 납치 사건이었는데……."

수현은 말하다가 최지은과 시선이 마주쳤다. 순간 둘의 머릿속에 같은 생각이 떠올랐다.

""인공 아티팩트?!""

"그때는 그냥 초능력자가 소지한 아티팩트를 노린 범죄라고 생각하고 넘어갔었는데, 생각해 보니 그때도 다른 걸 노렸을 수도 있었겠는데."

"아니, 바로 그렇게 단정할 수는 없어. 게다가 실험적인 단계라도 인공 아티팩트를 만드는 건 만만하지 않아."

"불가능한 건 아니잖아?"

"……응, 크기를 줄이고 비용을 줄이는 게 문제지 돈하고 시간만 있다면 가능은 할 거야."

"어쩌면 그때도 진짜 그런 거였을 수도 있었겠는데…….조금 더 알아볼 거 그랬었나."

그때는 수현의 일에 바빠서 언론에 발표된 사건을 보고 넘어갔었다. 그런데 지금 와서 생각을 해보니 무언가 이상했다. 피해자 중에서는 분명 갖고 있을 아티팩트가 없을 확률이 높은 무명 초능력자들도 있었던 것이다.

"일단 이건 나중에 더 생각해 보지. 어차피 지금 당장은 나한테 급한 일이 아니니까."

"그래, 그리고 우리가 모르는 다른 이유일 수도 있으니까."

"그렇지."

"네가 생각지도 못한 일들을 들고 온 것 때문에 정작 내 이야기는 하지도 못했네. 원래 마지막으로 확인해 보고 연락하려고 했었는데, 이번에 온 김에 말할게."

"……?"

수현은 최지은에게 시선을 돌렸다.

"무슨 이야기? 무슨 일 생겼어?"

"예나 있잖아."

서예나. 서강석의 딸. 몸에 선천적인 독소가 쌓여 있어서 오랫동안 앓다가 저번에 인면지주의 핵을 흡수하고 건강을 되찾은 소녀였다. 지금은 연구소에서 재활과 함께 몸 상태를 체크 받고 있었다.

"그 애한테 무슨? 건강 문제인가?"

"그런 건 아니지만, 이건 직접 봐야 할 것 같아."

오랜만에 본 수현을 서예나는 반갑게 맞이해 주었다. 서강석이 워낙 좋은 소리만 하니 호감이 가지 않을 수 없었다.

"예나야, 저번에 했던 거, 다시 한번 보여줄래? 이번에는 조심해서."

"네."

은은한 빛과 함께, 서예나의 손에 짙은 녹색 구슬이 생성되었다. 수현은 그게 뭔지 바로 알아볼 수 있었다. 인면지주의 핵이었다. 다만 형태가 달랐다.

"손에서 놓지 말고. 그래, 잘했어."

"이대로 있을까요?"

"잠시만."

최지은은 충격에 말을 잇지 못하는 수현의 팔을 붙잡고 구석으로 움직였다.

"저거…… 설마……."

"응, 아티팩트. 아티팩트로 작동해. 실제로 내가 독을 해독했어."

인면지주의 핵은 천연 아티팩트라고 할 수 있었다. 원시적인 형태로 독을 밀어내는 효과가 있었던 것이다. 그러나 아티팩트라고 하기에는 약간 부족했다. 아티팩트는 동력을 흡수해 초능력으로 구현하는 게 가능해야 했다.

그리고 지금, 서예나는 그녀가 흡수했던 핵을 완전한 아티팩트로 만들어서 내놓았다.

"몇 번 더 실험을 해볼 생각이긴 하지만, 거의 확실하다고 봐도 좋아. 이게 무슨 뜻인지 알지?"

"이 사실을 알고 있는 게 몇 명이나 되지?"

"너하고 나밖에 몰라."

"다행이군."

수현의 말에 최지은은 굳은 표정으로 고개를 끄덕였다. 그녀도 서예나가 보여준 초능력이 얼마나 위험한 것인지를 느끼고 있었던 것이다.

인공적으로 아티팩트를 만드는 초능력이라니. 알려진다면 그 순간부터 모든 세력이 서예나를 노릴 것이다.

"좋아, 서강석을 부르지. 서강석을 제외하고는 아무한테 도 말하지 말자고. 더 알아낸 거 있어?"

"아마도…… 초능력자나, 초능력을 가진 몬스터의 사체 자체를 녹여서 정수를 뽑아내는 것 같아. 정확히 말하자면 그걸 몸속으로 흡수해서, 핵을 만드는 거지. 거기까지는 놀 랍지 않지. 이제까지 있었던 아티팩트들도 그렇게 만들어졌 을 테니까. 다만, 지금 시대에, 내 옆에 있는 사람이 이런 능 력을 갖고 있었을 줄이야……."

최지은은 피곤하고 걱정된다는 듯이 이마에 손을 짚었다. 그녀의 얼굴에는 서예나에 대한 근심이 가득 서려 있었다.

"어떡하지? 괜찮겠지?"

"내가 무슨 일이 있어도 지킬 테니, 그건 걱정하지 마."

"……고마워."

잠시 입을 다물고 있던 최지은은 다시 말을 시작했다.

"저 애 몸속에 있는 독은 선천적으로 타고난 거라서 저 아 티팩트를 갖고 있지 않으면 계속 독이 쌓여. 몸속에 흡수하 고 있는 상태로 두는 게 가장 좋아. 그리고 그 상태에서는 아 티팩트를 만드는 초능력도 쓰지 못하고."

"그나마 행운인가."

몸속에 아티팩트를 하나 흡수한 상태라면 더 이상의 정수를 추출시키는 건 불가능했던 것이다. 수현은 고개를 끄덕거렸다. 저런 식이라면 오히려 능력을 숨기기에는 좋았다.

"무슨 일입니까?!"

얼마 지나지 않아 서강석이 도착했다. 수현은 방금 있었던 일들을 조심스럽게 정리해서 말해주었다. 그걸 듣던 서강석의 안색이 창백해졌다.

"어, 어쩌죠?"

그토록 단단하던 남자가 딸의 일이 되자 하늘이 무너진 것 같은 표정을 지었다.

"걱정 마. 여기 있는 인원을 제외하고는 아무도 모르니까. 게다가 네 딸은 생각보다 똑똑해. 상황을 이해하고 있으니 어디 가서 함부로 들키지는 않을 거야."

"대체 어째서……. 저는 그저, 예나가 행복하게 살았으면 했을 뿐인데……."

"정신 차려!"

수현은 서강석의 다리를 걷어차며 나직하게 말했다.

"딸 앞에서 약한 모습 보일 생각인가?"

"아, 아닙니다."

"밖으로 새어 나가지도 않았으니 최악의 상황은 없을 거야. 정신 차리고 앞으로의 일을 생각하자고. 서강석, 한동안 휴가다."

"예?"

"오랜만에 딸과 같이 시간이나 보내라고."

"그렇지만 제가 없으면……."

"너 없다고 문제가 될 전력인가?"

"그건 아닙니다만."

"그래, 한동안 딸 곁에 있어."

"예? 언제까지 말입니까?"

"내가 부를 때까지."

"설마 저를 신경 쓰셔서 그러시는 거라면, 아닙니다. 받은 게 있는데 가만히 있을 수는 없습니다!"

"쓸데없는 소리를 하는군."

수현은 서강석의 어깨를 툭툭 치며 말했다.

"내가 진 빚을 그렇게 쉽게 잊어주는 사람으로 보였나? 아니니까 걱정 마. 휴가를 주는 이유는 두 가지다. 하나, 겸사 겸사 여기 호위를 해. 내가 대놓고 호위를 꾸려서 여기에 보내는 건 오히려 여기를 더 위험하게 만드는 일이야. 내 약점이 여기라는 걸 말해주는 거니까. 게다가 정부 쪽에서도 이미 충분히 병력을 배치했고. 너 하나 정도라면 별로 신경 쓰이지 않겠지. 딸이 있으니까 이유도 적당하고."

"두 번째는 뭐야?"

"딸을 훈련시켜."

"예?! 안 됩니다! 예나는 어디까지나 평범하게……."

"누가 평범하게 살지 말래?"

수현의 눈빛은 진지했다.

"강한 힘은 어쩔 수 없이 문제를 부르게 되어 있어. 평범하게 살고 싶으면 힘을 갖고 있어야지. 무슨 일이 생기면 힘으로라도 삶을 지킬 수 있도록. 평생 지키고 있을 생각인가? 만약의 일이 생겼을 때, 훈련을 시키지 않을 걸 후회하지 않을 자신 있어?"

"……알겠습니다."

"좋아, 그러면 난 이만 가 보지."

수현이 외투를 챙겨 입고 일어서자 서예나가 달려와서 물었다.

"벌써 가는 거예요?"

"미안. 대신 이제부터는 이 아저씨가 여기 계속 있을 거란다."

"어? 정말요?!"

"그래, 이제까지 부려먹었으니 휴가도 줘야지."

"잠깐, 분석 결과 나왔다는데."

"음?"

가려던 수현은 발걸음을 멈췄다. 가지고 온 물건의 분석이 벌써 끝날 줄은 몰랐던 것이다.

"그러면 그건 들고 가야지."

"원리는 대충 알 것 같아. 상쇄 파장을 교란하기 위해 역으로 방해 파장을 강하게 쏟아내서 막는 것 같은데……."

"그렇게 간단한 건가? 그런데 왜 미래에도 그런 게 안 나왔지?"

"말이 쉬운 거지, 보통 초능력 파장은 적당한 출력 만들기가 되게 어렵거든. 게다가 이런 물건들은 어느 정도 소형화를 시켜야 하잖아? 그러면 더 어려워져. 이건 특이한 걸 핵으로 썼네."

"특이한 거라니, 무슨?"

"보면 오우거의 심장 세포 같은데, 꽤나 많이 달라. 돌연변이 같기도 하고……. 뭘 어떻게 한 건지 모르겠네. 내가 모르는 기술 아닌가?"

"뭐? 돌연변이 오우거?"

"왜? 짐작 가는 거라도 있어?"

"너, 저번에 내가 뭘 상대했는지 잊었어?"

"네가 상대한 거라면, 오우거……. 아!"

수현이 비약을 차지한 대신 블루베어는 다른 몬스터의 사체 같은 것을 챙겼다. 그중에는 당연히 그 트윈헤드 오우거의 사체도 있었다. 막대한 연구 가치가 있는 물건이었다.

"돌연변이라는 소리는 안 했잖아?!"

"그걸 말했으면 네가 그런 중요한 걸 왜 안 갖고 왔냐고 화를 냈을 거고, 그러면 나는 변명을 했을 테고, 그래 봤자 안 통할 테니……."

"……내가 잘못했어. 화 안 낼 테니까, 그러니까 앞으로는 세세하게 말해줘."

"오우거가 흔하게 잡히는 놈도 아니고, 이 시기에 이런 식으로 개발이 되었다는 건 하나밖에 없지. 내가 갖고 온 걸로 만든 게 분명해. 찰스 회장, 이 인간이…… 이런 신제품을 만들어 놓고 나한테 입을 닫고 있어?"

"그런데 그쪽이 너한테 말해줄 의무는 없는 거 아니야?"

최지은은 이해가 가지 않아 물었다.

"의리란 게 있는 법이지."

"거래 관계라며?"

"세상일이 그렇게 맺고 끊음이 간단한 게 아니잖아?"

"그냥 너한테만 유리한 관계구나."

최지은은 그제야 이해했다는 듯이 고개를 끄덕였다.

"그렇게 말하니까 내가 너무 이기적으로 들리잖아?"

"뭐 어때서. 아, 갔다 올 때 괜찮다면……."

"챙기고 올 수 있는 건 모두 챙겨올게."

언제나 이런 면에서는 뜻이 잘 맞는 둘이었다. 수현은 최지은과 서강석, 서예나 모두에게 인사를 하고 밖으로 나왔다. 계절이 슬슬 쌀쌀해지고 있었다.

"그래도 맨손으로 가는 건 조금 그렇고. 뭘 가지고 가야……."

찰스 회장은 선물을 주기도 곤란한 사람이었다. 어지간한 건 다 수현보다 좋은 걸 가지고 있는 사람이었으니까.

"예, 팀장님."

"그래, 지금 당장 차 갖고 나와라."

"네?! 어디 가시게요?!"

"워싱턴으로 간다."

김창식이 뭐라고 하려고 했지만 수현은 듣지 않고 연락을 끊었다.

"뭐, 적당히 핑계는 되겠지."

48장
드라고니아 지하(1)

찰스 회장의 얼굴은 미소가 가득했다. 원래 수현을 만날 때는 대부분 기분이 좋았던 그였지만, 이번은 특히 그랬다.

"자네가 직접 나를 찾아오다니. 게다가 아무 이유도 없이. 이거 해가 동쪽에서 뜨겠군."

"카메론에서만 통하는 그 농담, 별로 재미없습니다."

"그래? 다른 사람들은 다 좋아하던데."

"그야 회장님 밑에서 일하니까……. 아니, 됐습니다. 그보다 찾아오는데 당연히 이유야 있죠. 제가 그렇게 한가한 사람은 아니잖습니까."

"큐피드 역할을 해주려고?"

"예?"

"저 애송이. 데이트라도 시키려고 데리고 온 줄 알았는데."

찰스 회장은 턱 끝으로 창문 밑을 가리켰다. 김창식이 마리아에게 붙잡혀서 시달리고 있는 모습이 보였다. 찰스 회장은 흐뭇한 표정이었지만, 눈빛은 냉정했다.

그는 인자한 늙은이와는 거리가 멀었다. 수현이니까 좋아하고 대우를 해주는 것이었지, 만약 다른 사람이 수현처럼 행동했다면 당장 묻어버렸을 것이다.

"마리아는 괜찮은 애지. 외모도 그렇고, 무엇보다……."

"배경이 어마어마하죠."

"그래, 그걸 노리는 놈들이 많거든. 어떤가, 저 애송이는?"

"회장님 보는 눈을 믿으시죠."

"나는 내 눈을 믿지. 그래서 내 눈으로 본 자네의 능력도 믿고. 그러니 자네의 평가를 듣고 싶군. 나보다야 더 오래 봤을 거 아닌가."

"김창식은…… 괜찮죠. 물론 회장님 기준으로 보면 아쉬울 점이 많을 테지만요. 그렇지만 회장님 기준으로 봤을 때 세상에 아쉽지 않을 사람이 어디에 있겠습니까?"

찰스 회장은 대답 대신 손가락을 뻗어 수현을 가리켰다. 수현은 피식 웃으면서 대답했다.

"저는 저 아가씨와 잘될 생각이 별로 없습니다."

"나도 그럴 생각은 없네. 애초에 마리아가 그렇게 하라는 대로 하는 성격과는 거리가 멀거든."

말하는 걸 보니 하라는 대로 하는 성격이었다면 당장에 맺어졌을 거라는 것처럼 들렸다.

찰스 회장은 김창식을 내려다보더니 입술을 얇게 말았다.

"그보다 생각보다 평가가 박하군."

"예? 이 정도면 되게 후한 평가인데?"

"……나한테 눈이 높다고 하면 안 되겠는데. 저 청년이 자네에 비하면 확실히 여러모로 애송이긴 하지만, 초능력자는 일단 초능력이 가장 우선 아닌가? 판단력이나 과감함 같은 건 제치더라도."

"그러니까 그 초능력도 그다지 고평가를 할 수 없습니다만."

"그만. 그만하게. 무슨 말을 못 하겠군. 알 만한 사람이 왜 그러나? 자네 같은 마법사의 기준이 아닌, 일반적인 초능력자의 기준으로 보라고. 잭이 자기 입으로 자기와 맞먹는 화염 계열 초능력자라고 했는데."

"아."

수현은 그 말을 듣는 순간 어떻게 된 건지 깨달았다. 잭이 말한 것이나, 갖고 있던 걸 생각해 봤을 때 그가 찰스 회장과 연관이 없을 리가 없었다.

'대체 어디서부터 시작된 정보인지 궁금하군.'

"겸손한 것도 좋지만 팀원들한테 너무 엄격한 거 아닌가, 자네?"

"그…… 렇군요."

"칭찬을 할 때는 칭찬을. 그게 용인술의 기본이지."

찰스 회장은 수현의 속도 모른 채 구석으로 걸어갔다. 그새 방 안에는 새로운 것들이 늘어나 있었다. 그는 어항에 먹이를 던지고서 물었다.

"그런데, 물어보지 않는군그래?"

"뭘 말입니까?"

"이클립스의 잭 말이야. 물어보고 싶어서 온 거 아니었나?"

"아마 회장님이 그의 후원자 중 하나겠죠."

"자네는 이런 면에서 정말 재미가 없어. 그래, 바로 맞혔네."

이익보다는 카메론의 비밀을 원하는 찰스 회장에게 이클립스 같은 팀은 후원하기 좋은 팀이었다. 잭의 성격상 전속적인 부하로는 둘 수 없겠지만, 후원이라면 받지 않을 수가 없었으니까.

"회장님이 보내신 거였습니까?"

"무슨. 나는 오히려 말린 사람이지. 내가 아니었다면 훨씬 더 빨리 만나게 됐을 걸세."

"말렸다고요?"

"나를 통해서 자네에게 접촉하려는 사람이 많다고 저번에 말했을 텐데?"

"기억합니다. 그렇지만 회장님께서 말렸다는 게 의외라서요."

"남는 게 없으면 당연히 말리지. 둘이 만나서 좋을 게 뭐가 있나. 자네한테 불평이나 들을 텐데."

찰스는 손을 털고서 푹신한 의자에 몸을 맡겼다.

"그래, 잭은 어땠나?"

"괜찮은 초능력자더군요."

"잭을 '괜찮은 초능력자'라고 할 사람은 자네밖에 없을 거야. 전부터 잭은 자네를 만나고 싶어 했지. 내가 막은 건 자네가 별로 탐탁지 않아 할 것 같아서였고."

수현은 고개를 끄덕였다. 잭이 무엇을 원하는지는 선명하게 보였다.

"미개척지 탐험이겠죠."

"앞에 '아주아주 위험한'을 붙여야지. 이클립스는 강력한 팀이지만, 거기에 속한 초능력자들은 겁을 반쯤 잃어버린 놈들이야. 거기 리더인 잭이 가장 심하지. 그런 그가 원하는 계획은 자네와 전혀 안 맞는다고 생각했네. 내가 틀렸나?"

"아뇨, 거의 맞았습니다. 실제로 만나서 그걸로 말싸움을 조금 했거든요."

"말싸움?"

찰스는 빙그레 웃었다.

"잭이 호되게 당했다던데."

"선수를 뺏겼을 뿐입니다."

"초능력자 싸움에서 선수를 뺏긴 건 그냥 진 거나 마찬가지지. 굳이 변명해 줄 필요 없네. 어쨌든 그런 이유로 자네를 부르지 않은 거야. 잭이 멋대로 찾아간 건 예상 밖이었지. 어지간히 몸이 달았던 게 아니겠나?"

"그런 것 같더군요."

"다시는 그러지 말라고 주의를 줬지. 나뿐 아니라 미국 정부 쪽에서도 난리가 났거든. 생각해 보게. 멋대로 평양에 갔다가 습격을 받아서 사망자라도 나왔다면……."

찰스는 어깨를 부르르 떨었다.

"잘 풀려서 다행이지."

"비장의 수를 갖고 있더군요."

"재밍 카운터를 말하는 거군. 그게 탐이 났나?"

"회장님께서도 갖고 계십니까?"

"갖고 있을지도 모르고, 없을지도 모르지. 나라고 뭐든지 갖고 있는 건 아니잖나."

찰스 회장은 지금 이 상황이 정말 좋아서 어쩔 줄 몰라 하는 것 같은 표정이었다. 수현이 아쉬운 게 있어서 찾아오다니. 마치 절대로 길들여지지 않은 맹수가 고개를 숙이고 걸어 들어온 느낌이었다.

"회장님, 저를 너무 무시하지 마십시오. 트윈헤드 오우거의 심장을 사용해서 시제품을 만드셨잖습니까."

"?!?!?!?!!?!"

찰스는 들고 있던 잔을 떨어뜨렸다. 그의 머릿속으로 몇십 가지 생각이 빠르게 스쳐 지나갔다.

'잭 이놈이 불었나? 아니, 그놈이 미치지 않고서야 나를 버리고 수현과 붙을 리가……'

회장이 시치미를 뗄지 고민하는 사이 수현은 말을 이었다.

"잭을 탓하지는 마십시오. 거기 있던 게 누구라도 당했을 테니까요."

"……앞으로는 더 조심하라고 해야겠군. 그래, 그걸로 만든 거 맞네!"

찰스는 입맛을 다시며 인정했다.

"그렇지만 나와 자네는 거래 관계지. 내가 그걸 꼭 자네한테 줘야 하는 이유도 없잖은가?"

"알고 있습니다."

"자네가 정말로 원한다면 한 번쯤은 고민해 보겠지만 말이야."

"회장님, 전 사실 그 재밍 카운터가 별로 필요 없습니다. 저한테는 재밍 장치가 안 통하니까요."

"그렇겠지."

회장은 아쉽다는 듯이 말했다.

"통했으면 좋았을 텐데."

"무슨 소름 끼치는 소리를. 어디까지나 제 팀원들 때문입니다. 재밍 카운터는 여러모로 쓸모가 많을 것 같으니까요."

주변에 상쇄 장치를 작동시킨 다음 재밍 카운터를 들고서 싸운다면 적 초능력자들은 초능력을 쓰지 못하지만, 아군 초능력자들은 초능력을 쓸 수 있는, 아주 사기적인 상황을 만들 수 있었다.

"좋아, 그러면 솔직하게 말하겠네."

"말해보시죠."

"이번 일에서는 내 목적과 잭의 목적이 일치하네. 그러나 목적만 일치하지, 아직 힘이 부족해. 거기에 자네 힘을 빌려준다면 원하는 대로 해주지."

"원하는 대로?"

"재밍 카운터든, 설계도든, 마리아든……."

"마리아는 아니죠. 회장님."

"뭐든 간에! 자네가 원하는 대로 해주겠다는 거야!"

수현은 그 말을 듣고 대답하지 않았다. 그가 침묵하자 애가 탄 건 회장이었다.

"왜 대답을 하지 않지?"

"회장님이 이럴 정도의 문제라면 대체 얼마나 위험할지 생각을 해봤습니다."

"그렇게까지 위험하지는 않아."

"이클립스가 혼자서 못 깨서 돌아올 정도면 위험한 거 맞죠."

"그건 위험하다기보다는 화력이 부족해서……."

"……?"

"아무리 해도 길을 막고 있는 몬스터를 쓰러뜨리지 못했거든. 결국 포기하고 돌아온 거지."

"조금 더 자세히 이야기해 보시죠."

수현의 말에 회장은 홀로그램 지도를 켰다. 이제까지 얻어 낸 데이터와 연동되는, 훌륭한 지도였다. 그가 가리킨 곳을 본 수현의 얼굴이 굳어졌다.

드라고니아 분지.

"……이만 가 보겠습니다."

"끝까지 듣고 가라고! 나도 드라고니아 분지로 사람을 보내지는 않네. 잭이 아무리 겁 없는 미친놈이라지만 드라고니아 분지로 들어갈 것 같은가?"

"그러면 뭡니까?"

"목적지는 지하야."

"지하?"

"그래, 지하. 드래곤은 날아다니는 놈이지. 그놈이 설마 몇십 미터 지반을 뚫고 지하로 들어오지는 않을 것 아닌가."

"마음만 먹는다면 가능할 것 같기는 한데, 일단 그러지는 않겠죠. 그보다 드라고니아 분지 지하라고요?"

"자네가 생각하는 것보다 훨씬 더 넓고 복잡한 지형이 이 밑에 있지."

회장은 손으로 지도를 툭툭 치며 말을 이었다.

"잭이 원하는 건 명예지. 미답지를 돌파한 뒤 오는 충만함과 그로 인해 남을 이름. 본인은 아니라고 하지만 그놈은 명예에 중독된 놈이야. 드래곤은 매우 위협적이지만, 비이성적인 공포를 걷어내고 본다면 결국 영역 동물 아닌가? 드라고니아 분지를 둘러싸서 금지로 만든다면 두려워할 이유가 없는 놈이지."

"이론적으로는 그렇습니다."

수현은 언제나 이론에는 변수가 있다는 말을 굳이 하지 않았다.

"드라고니아 분지는 그냥 놈의 땅으로 내버려 두고, 우리는 지하의 길을 개척해서 새로운 길로 만드는 거야. 그 명예는 잭이 좋아하겠지."

"회장님은 거기서 뭘 원하십니까?"

"나?"

회장은 씩 웃었다.

"내 회사에는 문헌 해석 팀이 따로 있지. 솔직히 세계 제일이라고 자부해도 좋을 정도야. 계속해서 쏟아지는 고문서들을 해석해서 쓸 만한 걸 찾아내는 게 역할인데, 그놈들이 재밌는 걸 알아냈어. 드라고니아 분지 지하에 있는 유적지에 영생에 관련된 아티팩트가 있다더군."

"영생 말입니까?"

영원한 생명이라니. 역사의 증인이나 다름없는 찰스 회장이 탐을 내지 않을 수가 없는 물건이었다. 수현은 바로 이해했다.

"그래, 영생."

회장의 눈빛에는 순간 황홀함이 맴돌았다.

"상상이 가나?"

"저는 영원히 살고 싶다는 생각을 해본 적이 없어서……."

"그 아티팩트를 갖고 다툴 필요가 없어서 다행이군."

"회장님, 한다고 말하지도 않았습니다."

"그렇겠지. 자네가 하지 않는다면 될 때까지 방법을 찾아볼 뿐일세. 다행히도, 이번 공략은 실패에 그렇게 큰 부담이 없거든. 가능한 초능력자들을 모으고 모아서 될 때까지 보낸다면 언젠가 답이 나오겠지."

회장은 냉정했다. 수현에게 많은 기대를 하고 있었지만, 그가 수현을 쉽게 다룰 수 없다는 걸 이미 받아들이고 있었다. 그가 해주지 않는다면 다른 차선책을 찾을 수밖에 없는 것이다.

"관련된 자료를 주실 수 있으십니까?"

"해줄 건가?"

"그걸 받지 않는다면 고민도 안 하겠지만, 받으면 고민은 하겠죠."

회장은 피식 웃으며 고개를 끄덕였다.

이클립스의 자료는 훌륭했다. 수현이 감탄할 정도로. 미국에서 손가락 안에 드는 팀답게 그들의 자료는 정석적이었고 직관적이었다.

'그렇게 안 보였는데, 의외로 철저하군.'

실례되는 생각을 하며 수현은 자료를 돌려보았다.

드라고니아 분지의 지하로 들어가는 천연의 통로는 길고 구불구불했으며 불편했다. 회장은 돈 많은 사람답게 아예 수직으로 새로 통로를 뚫어버렸다. 이후 길이 완성되었을 경우를 대비한 투자였다.

1분도 안 되어서 깊은 지하로 내려가고 나면, 그다음부터는 동굴 형태의 지형을 뚫고 지나가야 했다.

"이걸 드워프들이 만들었다고?"

인간이 공사한 터널처럼, 지하의 통로는 지나치게 넓고 훌륭했다. 수현은 놀라서 중얼거렸다. 드워프들의 기술은 뛰어났지만 분명 한계가 있었던 것이다.

'초능력자가 만든 게 분명해.'

넓고, 쾌적한 통로. 곳곳에 나오는 공동. 자료만 본다면 지하 유적지라기보다는 지하 도시를 연상시킬 정도로 완성도가 높았다. 회장이 괜히 이야기를 꺼낸 게 아니었다.

'아니, 도시보다는 피난처에 가깝군. 대체 이런 걸 왜 만든 거지?'

—시간 19:20. 골렘 발견. 공격하지 않는다. 1차 시도 준비.

그리고 장애물이 등장했다. 수현은 그걸 보고서 그들이 봉착한 문제를 깨달았다.

골렘의 모습은 투박한 파워 아머를 연상시켰다. 유선형의 디자인을 가진 파워 아머와는 달리 골렘은 직각진 몸통을 가지고 있었다. 그러나 위압감만큼은 파워 아머보다 강렬했다.

—공격!

순간적으로 골렘에게 집중되는 초능력들. 어지간한 몬스터라면 바로 증발되었을 정도의 화력이었다. 초능력 몇 개가 작렬한 후 초능력자들은 골렘의 상태를 살폈다.

그러나 골렘은 멀쩡했다.

—?!
—반격에 대비해라!

골렘은 반격하지도 않았다. 그저 무뚝뚝하게 자리를 잡고 있었을 뿐이었다.

－저거……?
－속임수 아냐?

몬스터 중에서 나름 교활한 놈은 인간 상대로 속임수를 쓰기도 했다. 그로기 상태에 빠진 것처럼 위장하고서 공격을 유도하는 것이다.

이클립스의 초능력자들은 모두 다 경험 많은 노련한 용병들이었고, 이런 속임수에는 속지 않았다.

－아닌 것 같다.
－왜 가만히 있죠? 죽었나?
－필립, 네가 가 봐라.

잭의 목소리에 남자 한 명이 고개를 끄덕이더니 앞으로 튀어나갔다. 인간이 낼 수 없는 속도에 수현은 그가 가속 초능력, 헤이스트를 썼다는 걸 깨달았다.

'굉장하군. 단순히 스피드만 보면 리우 신보다 살짝 더 빠를 정도야.'

미국에서 최고들만 모았으니 어찌 보면 당연한 일이었다. 남자는 벽을 박차고 골렘의 옆을 빠져나가려 들었다.

그 순간, 골렘이 움직였다.

쿵!

ㅡ……!

골렘은 발로 바닥을 크게 치더니, 필립을 향해 주먹을 휘둘렀다. 덩치에 맞지 않는 기민한 움직임이었다.

ㅡ빠져나와!

골렘이 빨라 봤자 필립보다 빠르지는 않았다. 필립은 여유 있게 골렘의 공격을 피해냈지만, 잭은 이상할 정도로 다급하게 빠져나오라고 명령했다. 그리고 필립은 그들의 리더를 신뢰했다.

푸화!

골렘의 몸 주변으로 냉기가 쏟아져 나왔다. 원형으로 쏟아져 나오는 냉기는 넓은 범위로 퍼져 나갔다. 필립이 먼저 움직이지 않았다면 그대로 맞았을 것이다.

-크윽……!

필립이 피하고, 다른 초능력자가 결계를 쳤음에도 어깨에 냉기가 스쳤다. 그는 고통스러운 얼굴로 움직였다.

-필립이 당했다! 일단 후퇴! 둘은 나와 같이 놈의 발을 묶는다!

잭은 동료와 함께 골렘을 공격하려고 했다. 필립이 빠져나갈 시간을 벌기 위해서였다. 그러나 골렘은 필립이 빠져나오자 다시 동작을 멈췄다.

-……?
-저거……?

한바탕 싸울 각오를 했던 이들은 당황하면서도 안도했다. 골렘은 방금 날뛰었던 게 거짓말이었던 것처럼 잠잠했다.

-주변으로 다가가야만 움직이는 건가?
-어찌 됐건 다행이다. 필립을 치료해.

치유 능력자가 얼어붙은 필립의 어깨를 치료했다. 그들은 그 이후로도 몇 번 더 골렘을 공격하려 했지만, 골렘은 굳건하게 그 자리에서 버텨냈다. 초능력뿐만이 아닌 소형 폭탄도 마찬가지였다.

"이래서 그런 소리를 한 거였군."

수현은 회장이 말한 뜻을 이해했다. 실패에 그렇게 큰 부담이 없으니 계속 시도할 것이라는 건 이래서였나. 확실히 이렇게 반격을 해오지 않는 상대를 뚫는 거라면 시도에 부담이 적었다.

"그런데 이 골렘은 대체 뭐지? 이렇게 튼튼한 건 이해가…… 알타라늄을 통짜로 가공해서 만들기라도 했나?"

수현은 아무 생각 없이 중얼거렸다. 설마 그럴 거라고는 생각하지 않았다. 그런 건 너무 비현실적이었으니까.

이런 식이라면 시도하는 것으로 마음이 기울었다. 리스크는 적고 얻는 것은 많았으니까. 하나만 뺀다면.

"왜 하필 드라고니아 분지 지하라서……."

수현은 드래곤과 엮이지 않겠다고 단단히 다짐한 사람이었다. 게다가 지난번 본 환상 때문에 그 다짐은 더욱 견고해졌다.

그러는 동안 회장에게서 연락이 왔다.

-어떤가? 괜찮지 않나?

"드라고니아만 아니면 벌써 했을 텐데 말입니다."

—걱정은 이해하네. 지하라도 드래곤의 영역인데 무슨 일이 일어날 수도 있겠지. 그렇지만 이걸 본다면 그 걱정은 사라질 걸세.

회장은 문헌을 해석한 자료를 보내주었다. 문헌에 따르면 드래고니아 지하의 구조물은 일종의 피난처였다. 수현의 생각이 맞았던 것이다.

—자네라면 대충 감이 잡히겠지. 이 밑이 어떤 곳인지.

원래 드래고니아 분지에 살던 부족이 있었다. 그들은 꽤나 괜찮은 문명을 유지하며 잘 살고 있었다. 드래곤이 그곳에 나타나기 전까지는.

어느 날 나타난 드래곤에 그들은 도망칠 수밖에 없었고, 그 남은 흔적이 바로 지하 깊숙한 시설이었던 것이다.

—드래곤을 피해 도망친 이들의 피난처니 드래곤과 접촉할 일은 없다고 봐도 되겠지. 드래곤이 그 밑으로 내려갈 수 있다면 그런 시설이 지금까지 유지가 됐겠나?

"그럴듯하긴 합니다만."

—길을 막고 있는 장애물들을 치우고, 새로운 길을 만들고, 도중에 아티팩트만 챙겨오면 되네. '영생'과 관련된 아티팩트 말이야.

"보아하니 이게 영생과 관련된 아티팩트인지는 확실하지

않습니다만."

문헌을 해석한 자료는 완벽하지 않았다. 영생과 관련된 아티팩트에 대한 내용도 애매했다.

영생, 아티팩트, 보관, 이런 단어가 무질서하게 나열되어 있을 뿐이었다.

─그 정도 가능성이면 충분하지. 더 적은 가능성에도 투자를 해왔는데.

"알겠습니다, 회장님. 조금 더 고민해 보고 대답드리겠습니다."

─빨리 답을 해줬으면 좋겠군!

연락을 끊은 수현은 생각에 잠겼다.

'시도도 두 자릿수가 넘어가고, 그동안 드래곤이 잠잠했다는 건 확실히 안전할 것 같기는 한데……. 정말 괜찮겠지?'

이성으로만 판단한다면 벌써 들어갔을 일이었지만, 드래곤이라는 게 수현을 고민하게 만들었다. 다크 엘프들의 영역에서 본 환상이 아직도 찜찜했던 것이다.

"김수현 팀장님, 지금 시간 괜찮으십니까?"

"예, 말씀하시죠. 무슨 일입니까?"

"이중영 대령이 빠르게 팀원들을 모으고 있습니다. 저번에 말씀하신, 인재를 데리고 가는 걸 해결하시려고 하신다면 지금 바로 하시는 게 좋을 것 같습니다만……."

"아, 그렇군요."

국장은 수현이 최대한 빨리 인원을 데리고 나가기를 바랐다.

이중영을 견제하고 싶기는 했지만, 그건 어디까지나 보이지 않는 방법이었지 전면전이 아니었다.

"알겠습니다. 제가 잊고 있었군요. 지금 가겠습니다."

"저와 같이 움직이시죠. 그게 편할 겁니다."

"데리고 가실 사람은 전부 정하셨습니까?"

"두 명만 데리고 갈 겁니다."

"두 명이라, 생각보다 적군요."

"이미 제 팀은 거의 완성되어 있기도 하고, 그 이상으로 데리고 가면 아무리 국장님이라고 해도 눈치가 보이시겠죠."

"하하, 배려해 주셔서 감사합니다만, 그 정도까지는……."

"저건 뭡니까?"

"네?"

수현은 군 기지 한쪽에 나열된 파워 아머들을 가리키며 말했다. 신형 파워 아머들이 우르르 나열되어 있는 모습은 장관이었지만, 수현은 그래서 물어본 게 아니었다.

"흑곰 파워 아머군요. 개발과 시험을 끝냈으니 이제 전폭적으로 운용될 겁니다. 군에서뿐만 아니라 정부 관련 작전에서도 운용할 수 있도록 허락을 받았죠. 이중영 대령의 팀이나, 김수현 팀장님도 원하신다면 쓰셔도 됩니다."

국장은 호의로 한 말이었으나 수현에게는 타고 죽으라는 말로밖에 들리지 않았다.

"시험을 통과했어요?"

"예, 그렇습니다만?"

"뭐, 시험 과정에서 문제는 없었고요?"

"오래 걸리기는 했지만 문제는 없었던 걸로 압니다만."

아무리 그래도 시험 과정에서 들키지 않을 리 없었다. 수현은 군의 방식에 익숙했다. 문제가 생기면······.

'뇌물을 썼겠군. 그래서 시간이 조금 더 걸렸을 거고.'

수현은 고개를 절레절레 저으면서 걸어갔다. 저 흑곰 파워 아머만 보면 애증이 교차했다. 저걸 타고서 죽을 위기를 몇 번이나 겪었던 걸 생각하면 저걸 개발한 놈들을 쏴 죽이고 싶었다.

'저건 내가 고발하고 가야겠다.'

수현은 그렇게 결심했다. 다른 건 몰라도 저 흑곰 파워 아머가 뻔뻔하게 돌아다니는 꼴은 봐줄 수가 없었다.

"그래서 그 두 명은 누굽니까?"

"한 명은 문서연입니다."

"아, 그녀는 유명하죠. 군 내에서도 손꼽히는 초능력자니."

국장은 고개를 끄덕였다. 문서연은 수현과 달리 예전부터 두각을 나타내고 있었다. 초능력자들은 어지간해서는 군대에 들어가려고 하지 않았지만, 언제나 예외는 있었다. 문서연은 그 예외에 속했다.

"다른 한 명은?"

"곽현태라고, 지금 아마 중사였나, 하사였나……. 그쯤 될 겁니다."

"……?"

국장은 고개를 갸웃거렸다. 처음 듣는 이름이었기 때문이었다.

"들어본 적이 없습니다만?"

"그야 초능력자인 걸 숨기는 놈이거든요. 일단 그놈부터 데리고 옵시다. 찾아서 불러주세요."

"알겠습니다."

곽현태의 얼굴은 딱딱하게 굳어 있었다. 위에서 부르는 일은 보통 좋은 일이 없었던 것이다.

그런데 이번에는 그냥 위가 아닌, 개발계획국 국장의 호출이었다.

수현이나 개발계획국을 별거 아닌 걸로 알지, 부사관 신분으로 있어서 개발계획국 국장의 이름값은 드높았다. 카메론의 개발계획국은 여러모로 군과 협조 관계가 깊었던 것이다.

'뭐지?'

"충성! 중사 곽현태. 부르셨습니까?"

"앉으세요."

국장은 부드럽게 미소 지으며 손짓했다. 그 태도에 곽현태는 조금 안심이 되는 걸 느꼈다. 문제가 있어서 온 거라면 저런 태도는 보여주지 않았을 테니까.

각이 잡힌 태도로 의자 위에 앉고 나서야 방 안이 눈에 들어왔다. 국장 옆에는 모르는 남자가 있었다. 이십 대 정도밖에 되어 보이지 않는 젊은 남자였다.

'누구지?'

"남은 이야기는 제가 하겠습니다."

"예."

"……?"

국장이 나가 버리자 곽현태는 순간 혼란스러워졌다.

저 인간이 누구기에?

"나는 김수현이다. 들어봤나?"

"······!"

곽현태는 눈을 깜박거렸다. 그도 뉴스 정도는 봤다. 김수현. 국내 최초의 마법사. 그러고 보니 얼굴도 어딘가 낯이 익었다.

"들어는 봤는데······. 마법사면 군인한테 함부로 말을 해도 되는 건가?"

"필요하면 함부로 할 수 있지. 그럴 만한 위치거든. 네 상관의 상관의 상관한테도 할 수 있어. 보여줄까?"

"아, 아니, 그건 아니야."

"아까 국장이 있을 때는 얼어붙어 있더니, 나는 만만한가 보지?"

속마음을 들킨 곽현태는 얼굴을 살짝 붉혔다.

"뭐, 마법사라는 위치는 실감이 안 갈 수도 있겠지. 그렇지만 마법사라는 위치를 빼도 넌 나한테 굽신거려야 해. 네 목숨줄을 내가 쥐고 있거든."

"무슨····· 목숨줄?"

"이중영 전 대령이 진행하고 있는 계획은 알고 있나? 군내에서도 공문이 몇 번 돌았을 텐데."

곽현태는 고개를 끄덕였다. 초능력자와 뛰어난 인재들을 모아서 신설 팀을 만드는 프로젝트. 그러나 그는 쳐다도 보지 않았다.

한눈에 봐도 고생만 많이 하고 죽기 좋은 자리였던 것
이다.

"거기 가기 싫지?"

"……!"

"그렇지만 내 제안을 받아들이지 않으면 거기로 가게 될
거다."

"어째서?!"

"내가 보내는 게 아니라, 네가 한 짓 때문이지. 부대의 공
금을 횡령하고 있잖나."

"!?!?"

곽현태는 벌떡 일어설 뻔한 걸 참았다. 이 자식이 어떻게
이걸 알고 있지?

"네 상관도 하고 있으니까 괜찮을 줄 알았지? 네 상관은
널 희생양으로 쓸 거다. 그러게 상관에게 좀 바쳤어야지."

"아니, 그 인간이 나보다 훨씬 더 가져가는데 뭘 더……."

무심코 자백한 꼴이 된 곽현태는 황급히 입을 다물었다.

"그다음에는 선택지다. 구속이냐, 특수부대냐."

곽현태의 과거는 하도 많이 들어서 잘 알고 있었다. 애인
에게 선물을 사주기 위해서 공금을 횡령했다가 상관한테
뒤통수를 맞았다. 상관도 하고 있어서 만만하게 본 게 실수
였다.

감옥에 가느냐, 특수부대에 가느냐. 그는 울며 겨자 먹기로 후자를 선택했다.

"어떻게 그 사실을, 아니, 어, 그러니까…… 젠장. 나한테 원하는 게 뭡니까?"

빠르게 머리를 굴리던 곽현태는 포기했다. 그는 지금 상황을 확실하게 파악한 것이다. 어떻게 한 것인지는 모르겠지만 수현은 그를 확실하게 조사했고, 그는 약점을 단단히 잡혔다. 빠져나갈 수가 없었다.

"누가 들으면 협박하는 줄 알겠군. 참고로 나는 협박하는 게 아니야. 도와주려는 거지. 만약 거절하고 싶다면 거절해도 된다. 거절한다면 나는 그냥 사라지지."

"그 횡령도……?"

"나는 말하지 않겠지만, 상관 문제는 알아서 잘해봐야겠지."

"윽."

"원하는 건 간단해. 내 팀으로 와라."

수현은 종이 한 장을 던졌다. 팀원들이 받는 대우가 정리된 내용이 적혀 있었다. 그걸 본 곽현태의 눈동자가 급격하게 흔들렸다.

"충……."

"……?"

"충성!"

"솔직하게 속물이어서 좋군."

수현은 곽현태의 어깨를 두드렸다.

to be continued

Flatter 퓨전 판타지 장편소설

사내는 강고하게 선언했다.
"다음 삶에서야말로 나는 너를 죽인다."

『기대하지.』

세상과 함께, 사내의 심장이 찢겼다.

20,000년이 넘는 세월을 살아 왔다.
히든 클래스 전직과 비기 획득도 지켜웠다.
모든 것에 지쳐갔다.
마황에게 죽임을 당하는 순간조차도.

바로 오늘, 강윤수는 999번 회귀했다.
죽거나, 죽이거나.

모든 클래스를 마스터한 남자의
일천 번째 삶이 시작된다.

8클래스 마법사의 회귀

인류 최초의 8클래스 마법사 이안 페이지.
배신 끝에 30년 전으로 돌아오다.

설령 세상이 무너지는 한이 있더라도.
상상을 초월한 적이 눈앞에 나타나더라도.
지키고픈 이들을 반드시 지켜낼 수 있는 힘.

'그 힘이 적당할 필요는 없어.'

소중한 이들을 지키기 위한,
8클래스 이안 페이지의 일대기!